men do ku sai

21[+1]個因為「好麻煩」而誕生的有趣發明

超麻煩圖鑑

好麻煩啊

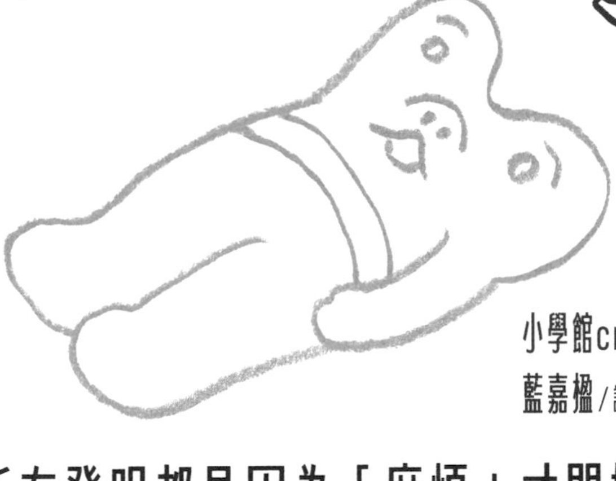

小學館creative／編著

藍嘉楹／譯

原來所有發明都是因為「麻煩」才開始！？

笛藤出版

前言

各位！請問你們會不會覺得每天都有很多麻煩的事呢？

除了寫作業還要打掃，刷了牙接著還得洗澡……每天早上一醒來，等著自己得一一處理的麻煩事多到數不完。搞不好你連讀這本書都覺得很麻煩呢。

不論是讀書還是打掃，不知道各位有沒有過在做某件事的時候，想都沒想就脫口說「好麻煩喔」。如果答案是Yes，那你有沒有當場被人糾正「現在講這種話幹嘛？」

不過，就算被罵也沒關係。因為不論是誰，一定都有覺得「真是麻煩」的事。
除了你的家人，還有學校的老師和校長，甚至連走在路上與你擦身而過的路人，
每個人都有覺得「真是麻煩」的事。
說不定連小貓小狗都有覺得很麻煩的事呢！

或許有人曾經指責你「怕麻煩不是好事」，
雖然這麼想的人不在少數，但絕對沒這回事。

因為，把這股「真是麻煩」的抱怨化為努力的動力，創造許多偉大發明，成為鉅富的人、造福世人的人、在某些領域取得重大突破的人，可是多到數不清呢。

許多大家在生活中已經習以為常的用品，或許當初都是某個怕麻煩的人，為了一勞永逸，經過不斷努力的智慧結晶。

畢竟，所謂的便利之物，都是想盡辦法刪除「麻煩」後得到的最佳結果啊。

本書的宗旨就是以說故事的方式，告訴大家有許多化「麻煩」為力量，最後大獲成功的「怕麻煩的偉大人們」的小故事。

請大家趕快翻開書頁，看看如何把每個人都有的「怕麻煩」的心理，一步步轉變成偉大的成就吧。

小學館Creative

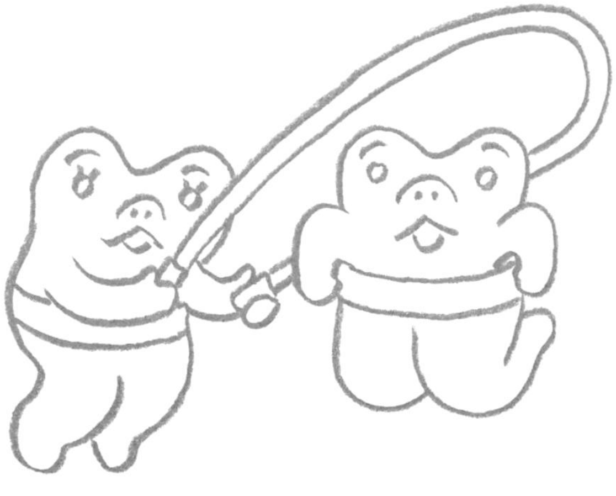

目次

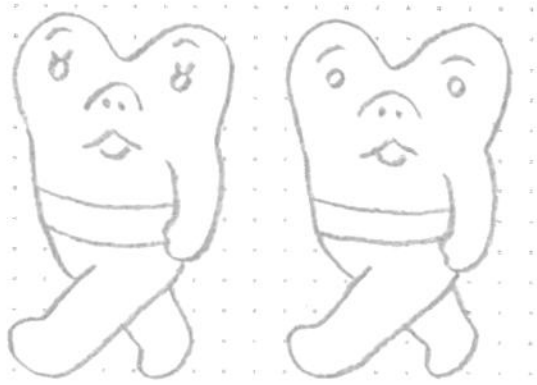

contents

第1章 因為怕麻煩才有的重大發現！

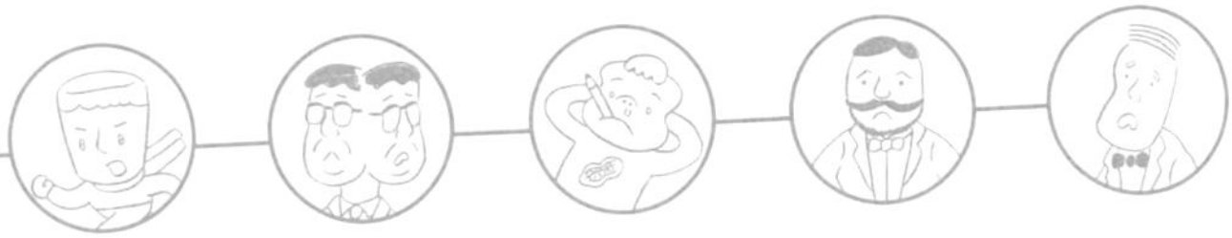

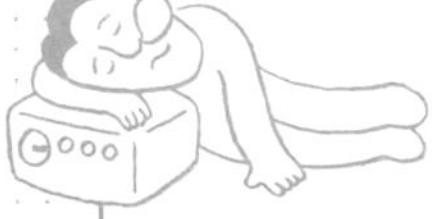

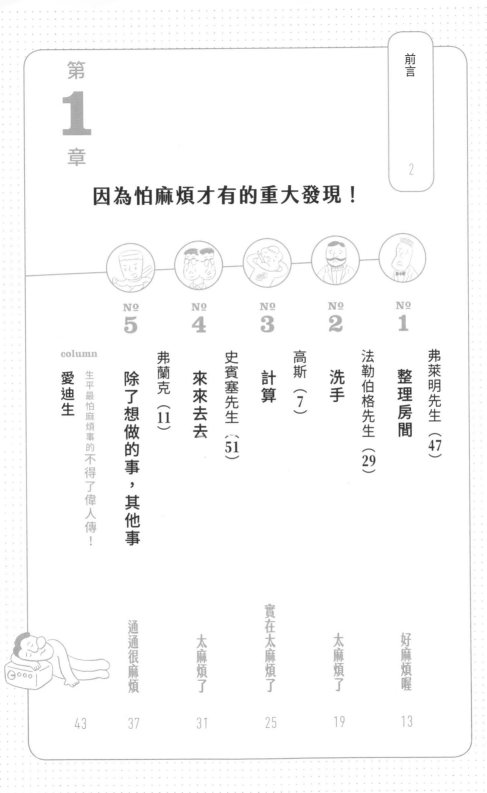

第2章

因為怕麻煩而成為大富翁！

第3章

因為覺得麻煩而產生的重大發想！

第4章 被「太麻煩了」所催生的大發明！

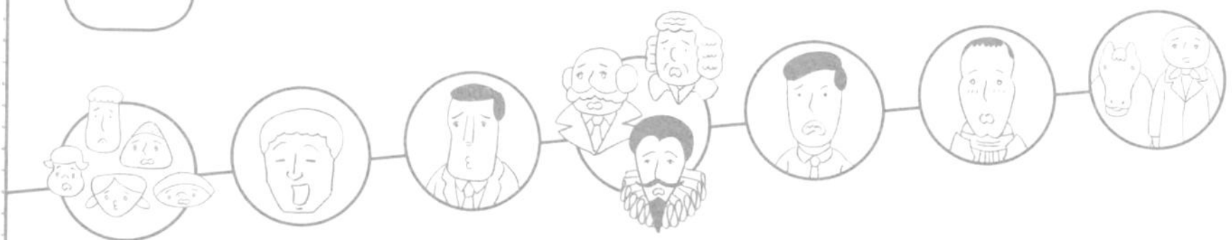

嫌麻煩的人只讀這頁也 OK！

全書內容一覽表

名字後面的數字，代表的是他們當時獲得成功的年齡。

本書介紹的故事，有些還有其他幾種說法。另外，為了增加閱讀樂趣，也有部分是搞笑演出，但絕對沒有批評各位登場人物的意思。我們是懷抱著敬意與愛製作本書。如果大家會喜歡就太好了。

men do

ku sai

第1章

因為怕麻煩

才有的重大發現！

№ 1 → 5

zu

kan

№ 1

整理房間

好麻煩喔～～～～～

弗萊明先生（47）

1881～1955年

來自英國

微生物學家

Alexander Fleming

哈啾——!!……不會吧!

「大家好。我的名字是弗萊明。我的工作就是研究細菌……

這下慘了……真的非常不好意思。因為我剛才打噴嚏，結果鼻涕好像噴進裝著細菌的容器裡了。請不要笑我髒喔。我一定會好好清理乾淨。但是，我怎麼這麼容易打噴嚏呀……」

說完以後，弗萊明蓋上被鼻涕噴到的容器，順手把它往堆滿東西的桌子一放。

沒錯，弗萊明是個嫌整理麻煩，最討厭收拾東西的人，所以他的實驗室老是亂糟糟，而且到處都是灰塵。

不用說也知道，這個容器一放就是好幾天，無人聞問。

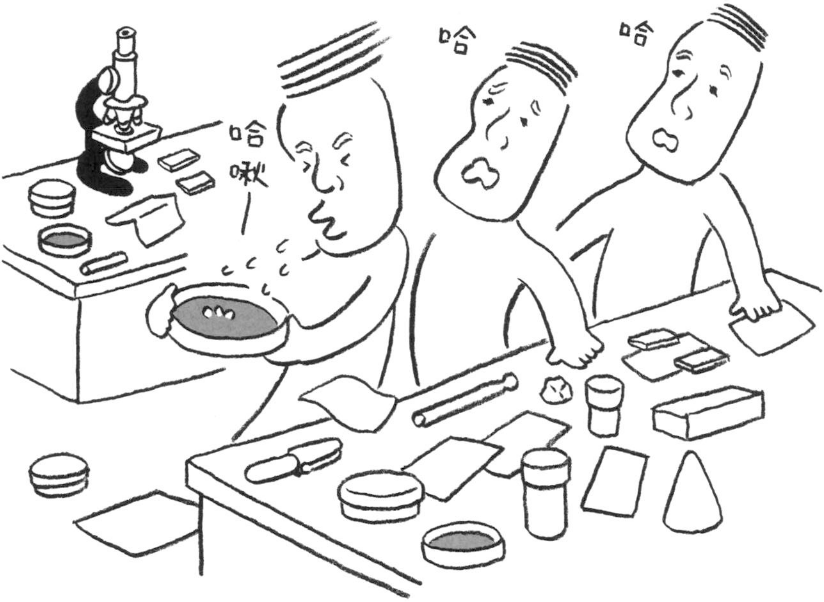

「這下連我也知道大事不妙。因為裡面有鼻涕和細菌混在一起耶。所以我打算在處理這個容器之前，打開蓋子看看裡面的樣子。沒想到打開一看……鼻涕周圍的細菌都消失了。這下子大事真的不妙了對吧。我想破了頭也猜不出是怎麼回事，所以把鼻涕拿去化驗。結果發現鼻涕裡有一種叫做『溶菌酶』的物質，能夠抑制細菌增加。

這項發現讓我變成名人，還當上了大醫院的教授。甚至還讓我換了更寬敞的實驗室。……換句話說，整理東西變得比以前更麻煩了。我們全家暑假的時候要去旅行，所以無論如何我一定要在出發之前整理乾淨……」

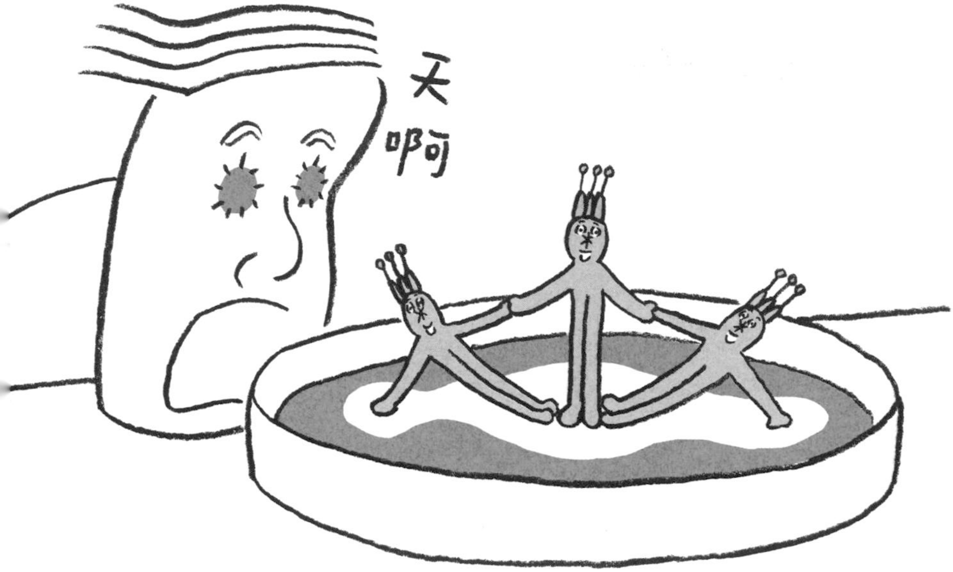

「可惜我有心而力不足，最後還是沒整理就去旅行了。等到我旅行回來去了實驗室，發現裡面瀰漫著一股很可怕的味道。這也難怪啦。因為裝了細菌的那個容器，還原封不動的擺在原來的地方啊。雖然我心中警鈴大響，但還是很好奇容器裡到底變成什麼樣子了，如果你是我也會好奇吧？因為實驗室的空氣聞起來真的很恐怖，我想容器裡面的樣子一定很嚇人。所以，我毅然決然地打開了容器的蓋子。結果咧……我發現裡面發霉了……」

讓實驗品在實驗過程中發霉，對我們研究者而言可說是奇恥大辱。所以，當我看到黴菌的時候，當然感到非常震驚。

就在我打算在被人發現之前，趕快丟掉『毀屍滅跡』時，眼尖發現黴菌周圍的細菌都已經溶解不見了。而且溶解的範圍比上次發現溶菌酶時還大。這個發現讓我不禁開始推測：

”裡面該不會有一種溶解細菌的效果比溶菌酶還強大的成分吧！“

這樣的想法。」

於是，弗萊明開始研究黴菌，最終發現青黴菌有某種能夠抑制細菌生長的成分，可提煉出「抗生素」。他把這種物質命名為「**盤尼西林**」。

「我真是作夢也想不到，當初只是懶得整理實驗室，結果竟然完成這麼重要的發現！原來骯髒的房間，也有立大功的時候呀，哈哈哈。」哈啾——!!

好麻煩啊

起因於怕麻煩！

發現!!

盤尼西林

怕麻煩的心理，也可能成為拯救生命的大功臣！

所謂的抗生素，就是能夠抑制細菌等微生物生長的物質。相信很多人都有過受傷去醫院拿藥的經驗吧。

目前已經發現的抗生素種類超過 200 種，不過，全世界第一種被發現的抗生素，就是弗萊明當初發現的盤尼西林。

在盤尼西林被發現以前，即使當時的科學家已經掌握細菌是引起感染疾病的原因之一，但尚未開發出能夠抑制細菌生長的藥物，只能眼睜睜看著許多人被細菌感染引起的疾病奪去性命。因此，1928 年問世的盤尼西林，無疑是醫學史上的重大發現。最後，弗萊明和找出量產盤林西林方法的幾位科學家們在 1945 年共同獲頒諾貝爾生醫獎。

順帶一提，溶菌酶雖然無法發揮治療細菌性感染疾病的效果，但直到今天，一直被當作可延長食物等保存期限的添加物，被全世界廣泛地使用。

by **亞歷山大・弗萊明**

哈、哈、哈啾——————!!

№ 2

Constantin Fahlberg

法勒伯格先生（29）

- 1850～1910年
- 出生於俄國
- 化學家

洗手

太麻煩了～～～～～～

所謂的化學實驗，就是一連串瑣碎麻煩的作業；必須一再微調混合的物質種類與份量、溫度等，並不厭其煩地以各種模式進行嘗試。

不過，對於最喜歡做實驗的法勒伯格來說，這一切當然一點都不「麻煩」。

「今天要做的就是把各種濃度的藥品，混入從煤炭萃取出來的液體。接著再加熱到各種溫度，看看會形成什麼樣的物質。好期待今天的結果啊！」

他總是以如此積極的態度，對做實驗這件事樂在其中。

在實驗的過程中，必須將物質的顏色、溫度的變化等細微變化一一記錄下來，所以需要高度的集中力。法勒伯格只要一頭栽進他最愛的實驗，就會專心投入到忘了時間的存在。等他猛然一抬頭，才發現已經是晚上的情況屢見不鮮。

因為太晚回家被太太責罵，對他已經是家常便飯了。其實，除了晚歸，他也常常因為一些日常生活的小事被罵，比方「拜託你睡前記得刷牙」、「你身上這件衣服已經穿三天了。太離譜了，快去換件新的」、「罐子打開要記得蓋回去」等等。

對法勒伯格來說，實驗與研究以外的日常生活中，有太多麻煩事了。

其中，他覺得最麻煩的，就是

吃飯前要洗手。

這天就像無數個平常日子一樣，法勒伯格一邊嘀咕著「慘了慘了，今天又這麼晚才到家。難怪我肚子餓扁了。當個人，最麻煩的地方就是時間到了就肚子餓，還有想睡覺」，一邊進了家門。他和平常一樣，沒有先洗手就直接拿起麵包啃了起來。

好甜——超級甜!!

吃著吃著，他的心裡感到有點納悶「這塊麵包怎麼這麼甜啊！？」

但是，他正在吃的那塊麵包，並沒有塗上果醬等任何抹醬。接著，他拿起餐巾擦拭了嘴角，結果發生了更驚人的事情。沒想到餐巾比麵包更甜。於是，法勒伯格仔細檢查了餐巾還有接觸過餐巾的東西，結果發現自己的指尖沾上一點點透明的液體。他舔了舔沾了這種液體的手指，味道甜得要命。

「我吃到的甜味，該不會就是這種液體吧！我記得吃午餐的時候，手指上還沒有沾到耶。那一定是在下午實驗時沾到的！」

法勒伯格恍然大悟後，急忙從家裡朝著實驗室飛奔而去。回到實驗室後，他把當天下午在實驗室完成的液體，每一種都拿起來舔舔看。

法勒伯格從這項媲美神農嘗百草的搏命行為，發現了能夠以化學合成甜味的「人工甜味劑」。這種甜味劑被命名為**「糖精」**。多虧法勒伯格詳實紀錄的實驗報告，糖精很容易就再次被製造出來了。

事過境遷之後，法勒伯格檢視自己的行為曾這麼說「我反省自己身為一個化學家，卻舔食在實驗室製造的液體，這是絕對不可犯的大忌。如果我舔的液體含有劇毒，說不定我早就沒命了。」

好麻煩啊

起因於怕麻煩！

發現!!

糖精

別忘了雷姆森教授也功不可沒。

法勒伯格曾經在美國約翰斯·霍普金斯大學的伊拉·雷姆森教授的研究室，進行有關煤炭的研究。其實，他就是在依照雷姆森教授的指示進行實驗時，偶然發現了糖精。不過，法勒伯格卻表現出完全是他獨自發現的樣子，惹得雷姆森教授很生氣。到了今天，提到糖精的發現者，大多會說是由法勒伯格與雷姆森教授共同發現。

糖精本身是從煤炭所提取的煤焦油提煉而成；自從證實煤焦油有致癌的可能性，全世界有段時間曾禁止使用糖精。不過後來證實糖精的安全性無虞，所以現在也被添加於牙膏等物，當作甜味的來源。

順帶一提，據說阿斯巴甜這項人工甜味劑的問世，則是一名藥廠的研究員，在實驗過程中去拿藥品的包裝紙時，無意間舔到手指而發現。

by 康斯坦丁·法勒伯格

拜託大家一定要洗手喔！

№ 3

Karl Friedrich Gauss

高斯（7）

計算實在太麻煩了～～～

- 1777～1855年
- 出生於德國
- 數學家、物理學家、天文學家

96+97+98+99+100=

「爲什麼叫我做這麼麻煩的事呢！」

這是當時年滿7歲的高斯的口頭禪。高斯是個好奇寶寶，對自己不知道或是覺得不可思議的事情都很有興趣。對高斯而言，一天怎麼只有24個小時，根本不夠用。所以，他最痛恨必須花時間做自己沒興趣的事情。

比方說當高斯被媽媽要求幫忙晾衣服的時候，各位應該不難想像他一邊抱怨「幹嘛叫我做這個啦！」，一邊很不情願地幫忙晾衣服的景象吧。

學校的課業對他來說也一樣。

「什麼加法減法，實在有夠麻煩的，我一點都不想做啦……」

對課業興致缺缺的高斯某天在上數學課的時候，老師剛好有事暫時離開教室。臨走前，老師向學生們出了一題需要花點時間，有點麻煩的計算問題。老師的題目是

計算從1加到100的總和是多少。

當老師正打算踏出學生此起彼落抱怨著「好麻煩～」的教室時，卻看到有個學生已經舉手。

「老師，我算出來了。答案是5050。」

這個學生解題的速度不但快得驚人，而且答案正確。

大吃一驚的老師連忙詢問他怎麼能算得那麼快，又是用什麼方法計算。於是，高斯一臉嫌麻煩似的開始說明。

這個嘛……

要從 1 按照順序加到 100 太麻煩了，所以我想到其他方法。首先，我在腦海中想像從 1 橫著排到 100 的樣子。接著在剛好一半的 50，把這列數字往回折。這麼一來，上下兩排的數字就變成「1 和 100」「2 和 99」「3 和 98」……「49 和 52」「50 和 51」。把上下兩個數字相加，每一組都是 101。總共有 50 個 101，就是 101×50=5050。我覺得用這個方式可以省麻煩，讓計算變得比較輕鬆。

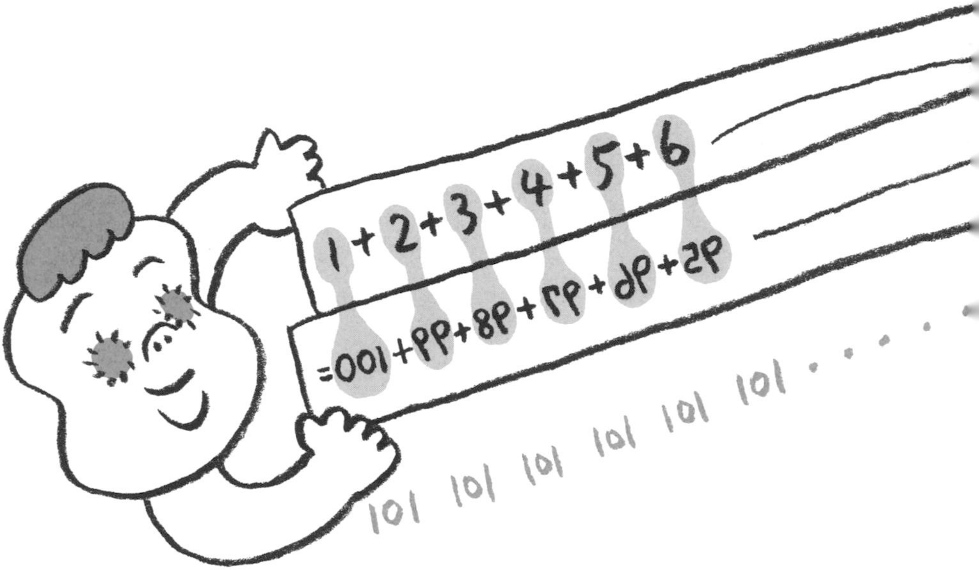

這就是**「等差級數求和公式」**。年僅7歲就發現這道公式的高斯，最後被譽為「有史以來最偉大的數學家之一」。

由此看來，面對平常老是覺得麻煩，卻又不得不做的事，藉由「該怎麼做比較不麻煩」的腦力激盪，說不定真的能找出省麻煩的解決之道呢。

起因於怕麻煩！

發現!!

等差級數求和公式

不論年紀大小都能有大發現！

高斯從小就對各種事物感興趣。因此，據說不僅是數學，他也很擅長音樂和語言。

高斯長大成人後，在許多領域都展現出過人的才華，包括研究電磁學的物理學、研究星體運行的天文學等。所以他被視為對科學有重大貢獻，甚至仍影響著現代的偉大科學家。

他在數學方面的發現包括「高斯函數」、「高斯積分」、「高斯整數」等公式。物理學上也有許多以高斯的名字命名的公式與單位，例如物理學以「高斯」值當作表示磁感應強度的單位。而天文學方面，也有一顆名為「高斯星」的小行星。

by **卡爾・弗里德里希・高斯**

怎麼會叫我做這麼麻煩的事呢！

史賓塞先生（51）

● 1894～1970年
● 出生於美國
● 工程師

來來去去

太麻煩了～～～～～

№ 4

Percy LeBaron Spencer

「史賓塞組長，磁電管的測試馬上就要開始了，請您趕快來實驗室……對了，組長你桌上的點心是不是又增加了？」

「哎呀，因為累了就會想吃點甜的東西嘛。」

「這點我了解。但是……巧克力棒、糖果、爆米花、果凍，您對甜食幾乎是來者不拒耶。」

「哈哈哈。小時候太窮了買不起，我是大人了，只有小孩子才做選擇。」

珀西．史賓塞任職於一間美國的軍火公司，是雷達開發團隊的主管。身負重責大任的他，必須出席各種會議、參與新型雷達的設計與製造、測試等，每天都忙得不可開交。

當時正值第二次世界大戰期間；為了迅速發現敵軍的戰艦與飛機，雷達的開發與製造，自然成為非常重要的工作。

簡單來說，所謂的雷達，就是藉由發送微波，再接收電磁回波以掌握對方位置的裝置。

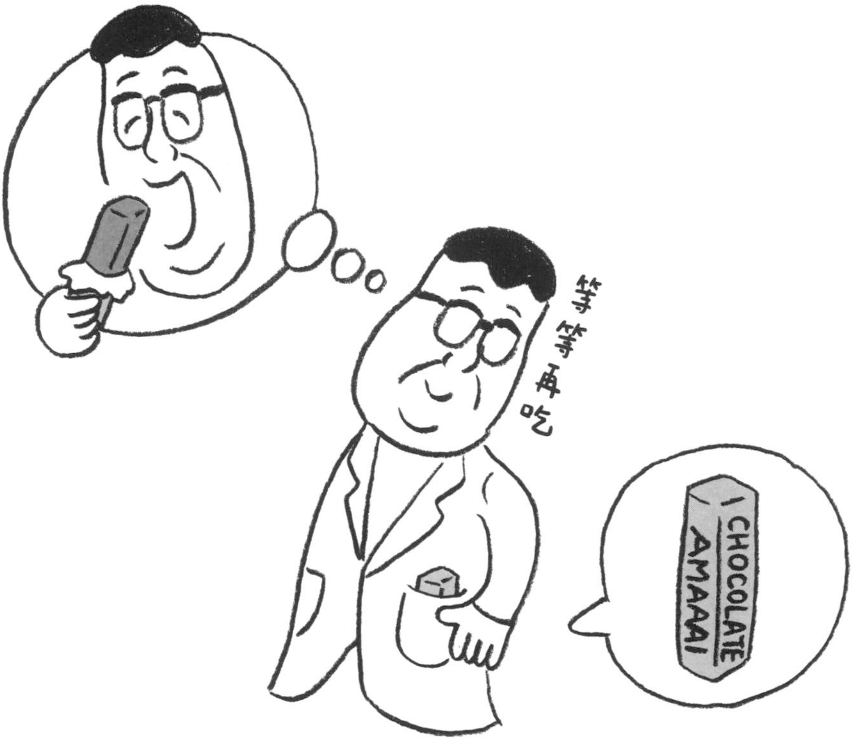

這天，史賓塞要監督的工作是測試產生電磁波的磁控管。

磁控管的測試要一路測到傍晚……不對，可能會到晚上，想到就累。而且實驗室離這裡又遠，走回來拿點心很麻煩……算了，我就塞一點在口袋裡好了。

史賓塞打定主意後，把巧克力棒放進口袋，接著前往實驗室。

實驗人員不斷改變電壓與角度，持續進行磁控管的測試。

「如果發送的微波再強一點，雷達偵測的位置應該會更準確。嗯，那就先關掉電源，調整磁控管的角度吧。」

史賓塞為了調整角度而走近磁控管，過了一會兒，他發現口袋變得熱熱的。他掏開口袋一看，發現他最愛的巧克力棒已經在袋子裡變軟融化了。

嘎……

“巧克力居然融化了，而且變得這麼熱，可見它一定接收了很強的熱能。”

「可是，這股熱能是從哪裡來的呢……？對了，你們已經把磁控管的電源關掉了吧？」

「組長很抱歉，我們現在才關掉電源。」

換言之，史賓塞的口袋已經接收了微波一段時間。

這個有趣的現象引起了史賓塞的興趣，於是他和下屬們開始研究，開發利用微波的烤爐。最後在戰爭結束的一九四五年，利用開發雷達的空檔時間研發，被稱為「雷達爐」的全世界第一台「微波爐」終於問世了。

順帶一提，當時向美國專利局提出申請的資料當中，除了微波爐原理的說明，也記載了史賓塞最愛的爆米花做法。

好麻煩啊

起因於怕麻煩！

發明!!

微波爐

現在已經無法想像沒有微波爐的生活要怎麼過。

史賓塞出生於美國的緬因州，從小家境貧苦，所以從 12 歲就開始工作。換句話說，他並沒有接受完整的正規教育。不過，他在 18 歲時進入海軍服役，立志要成為無線通訊工程師，之後也利用工作的空檔自修數學和物理學等，最後如願成為無線通訊專家。

史賓塞後來任職於軍火公司，開發出能夠提高磁控管量產率的方法，讓原本一天約 100 個的生產量，增加到 2600 個。這項成功讓公司與美國政府簽下負責開發與製造雷達的合約，公司也因此受惠，發展為大企業。

拜發明微波爐所賜，對公司做出卓越貢獻的史賓塞最後升任副總裁，同時被肯定為傑出的科學家。甚至獲頒由麻省理工學院授予的榮譽博士。

by **珀西・史賓塞**

能夠快速吃到點心最棒了♡

№ 5

除了想做的事，其他事通通很麻煩～～～～

弗蘭克（11）

- 1894～1983年
- 出生於美國
- 發明家

Frank Epperson

很久以前，美國有一個名叫弗蘭克．埃普森的少年，當時他11歲。弗蘭克每天都過得相當隨心所欲，因為他總是在想做的時候做自己想做的事情。

這天弗蘭克從學校回到家後，大聲宣布

「我今天要盡情做自己想做的事。寫作業嘛……寫作業太麻煩了，今天不寫。不用擔心，我想寫的時候自然會寫。我現在好想喝蘇打水喔。」

接著他就一溜煙跑到廚房去了。他拿出用來調製蘇打水的蘇打粉，倒進裝了水的杯子裡，用棒子開始攪拌。結果攪著攪著，弗蘭克開始覺得攪拌蘇打水本身就是件好玩的事。就算聽到家裡的人對自己說「應該可以喝了吧？」，他也無動於衷。

他說「我不是想喝才攪拌，我是因為想攪拌才攪拌的！」

說完這句話後，弗蘭克端著蘇打水到院子去了。

弗蘭克專心的在院子攪拌蘇打水，完全沒注意天色已暗。最後，他終於停手，不再攪拌。接著開口「收拾好麻煩喔，我今天就不收了。不用擔心，我想收的時候自然會收。我現在肚子好餓。」

說完，弗蘭克就把杯子留在戶外，直接回到家裡。不用說，他已經把放在院子裡的蘇打水忘得一乾二淨了。

當天夜裡創下破紀錄的低溫。

隔天早上弗蘭克到院子一看，昨天被他放著沒收拾的蘇打水，已經完全在杯裡結凍了。

「糟了～！

我完全忘記要收拾了！如果沒有在被大人發現之前收好，我一定會被罵到臭頭，到時候麻煩可大了～！」

不想惹大人生氣的弗蘭克，打算趕緊吃掉結凍的蘇打水，當作什麼事也沒發生。

他把結凍的蘇打水從杯子裡抽出來，開始小口小口的舔。沒多久，他馬上驚喜的發現「哇……這實在太好吃了！」

這就是**「冰棒」**誕生的歷史性一刻。

時光飛逝，歲月如梭，已經成家立業的弗蘭克，也為自己的孩子製作了冰棒。

那時，弗蘭克已經以自己的名字「Epperson」，與冰錐的英文「icicle」結合，把冰棒命名為「Epsicle」。

不過，孩子們比較喜歡「Popsicle」這個名字。

雖然弗蘭克一再告訴孩子們，是「Epperson」才對啦，但孩子們卻告訴他「我們知道啊。但是我們比較想叫它 Popsicle。你不覺得 Popsicle 聽起來更好吃嗎？」

感覺孩子們好像遺傳了弗蘭克自由奔放的個性，很有主見。

冰棒真的很好吃哦！

起因於怕麻煩！

發明!!

冰棒

個性自由奔放，最怕麻煩的弗蘭克，能夠在年僅 11 歲時成為冰棒的發明人，可說是天時、地利互相配合的結果。

第一，弗蘭克居住的加州舊金山，以美國而言屬於氣候溫暖的地區。即使到了冬天，氣溫也很難得會低於 0°C。但是，就在這個絕無僅有、創下歷史性低溫的日子裡，照理說應該喝得一乾二淨的蘇打水居然原封不動地保留下來，而且裡面還插了一根棍子。換言之，只要上述的任何一個環節不成立，或許冰棒到今天都還沒有問世。

弗蘭克長大成人後，他也發明了雙棍冰棒。據說這項發明的創意源自於他想把冰棒分成兩支，讓自己的雙胞胎可以共享。

by 弗蘭克・埃普森

今天也要盡情做自己想做的事！

column

生平最怕麻煩事的
不得了偉人傳！

【愛迪生】

Thomas Alva Edison

正因為怕麻煩，才成為發明家嗎？

說到愛迪生，很多人對他的第一印象就是留下了留聲機、電燈泡等各種偉大的發明。

說到身為發明大王愛迪生的名言，大家最耳熟能詳的就是「所謂的天才，就是1分的天份加上99分的努力」。但是，有些人可能會覺得很奇怪，因為從這句話不就證明愛迪生是個「努力的人」，應該和「怕麻煩」扯不上什麼關係吧。但各位有所不知，愛迪生確實是個非常怕麻煩的人。接下來，就讓我們一起來看看有關愛迪生怕麻煩的軼聞趣事吧。

當時年僅15歲的愛迪生，在一間鐵路公司擔任夜間的電報員。所謂的電報員，就是派駐在各個車站，負責接收從總部發送的指示，通知列車可以出站的工作。雖然這份工作至關重要，但畢竟是夜勤，所以在工作時打瞌睡的人不少。為了避免這種情形發生，鐵路公司規定每個電報員每隔30分鐘，必須以摩斯密碼，把自己所屬車站分配到的數字發送到總部。這麼做的用意是讓總部知道「○號車站的電報員沒打瞌睡，仍保持清醒喔～」。

雖然這是為了確保行車安全的重要規定，但這項作業卻讓愛迪生覺得麻煩得不得了。

於是，愛迪生在忍無可忍之下，發明了定時發報裝置，能夠每隔30分鐘自動發送數字。這樣一來，愛迪生就不會受到查勤的干擾，不論要讀書還是打瞌睡都沒問題了！聽說愛迪生甚至還曾經從車站翹班，外出散步。

不過，愛迪生的「詭計」並沒有得逞太久。理由很簡單，因為是定時發送裝置，數字一定剛好每隔30分鐘發送過來，一分不差。

覺得有異的總部人員，於是以摩斯密碼呼叫愛迪生，但不論發送了幾次信號，都沒有得到他的回應。因為照理說正在值勤的愛迪生，已經不知道去哪裡逍遙了。

愛迪生當然被狠狠地訓斥了一番，但從他為了解決麻煩事，甚至不惜製造一台專用的機器這點看來，真不愧是未來的發明大王。

men do ku sai

zu kan

第2章

因為怕麻煩而成為大富翁！

№ 6→10

№ 6

Guglielmo Marconi

馬可尼先生（27）

- 1874～1937年
- 出生於義大利
- 發明家

聽別人講話實在太麻煩了!!

我要成為無線電之王!!

老闆，請不要這麼大聲啦。……真的很不好意思。我們的老闆是個大嗓門，希望沒有嚇到你。我們的老闆，名字叫做吉列爾默．馬可尼。如果要用一句話形容他這個人，就是笨蛋一個。

除此之外，他還是個「超級」怕麻煩的人。其中讓他覺得最麻煩的事，應該是聽別人說話吧。當然啦，我們也從來不敢奢望他會聽我們的意見。因為就算對方是專家，他也會回嗆對方**「囉哩叭唆這麼多幹嘛！」**

雖然他的個性基本上已經無藥可救，不過解決問題的時候很有魄力，所以我們才願意一直跟著他。

順帶一提，我們是老闆創立的無線電開發公司的員工。以電線建立的有線通訊雖然已經問世，但是如果要在船隻等交通工具進行通訊，有線通訊就不管用了。必須靠「無線通訊」才行。

一開始，無線通訊的極限是距離不能超過一公里。直到我們的老闆改良了傳輸器與接收器，一口氣把通訊範圍擴大到一千公里。

這樣的成就讓老闆有了信心，接著他宣布下一個目標是讓隔著大西洋的英國與加拿大也能進行無線通訊。我們聽了也變得熱血沸騰，決定要大幹一場……但是，我們遇到一個大問題。

根據專家的說法，電波只能直線前進。而且地球是圓的，所以電波只會筆直地朝向宇宙散開。聽到這個理論之後，我們也不禁變得垂頭喪氣。然而……

誰要聽這些廢話！煩死人了！沒做過怎麼知道行不通！

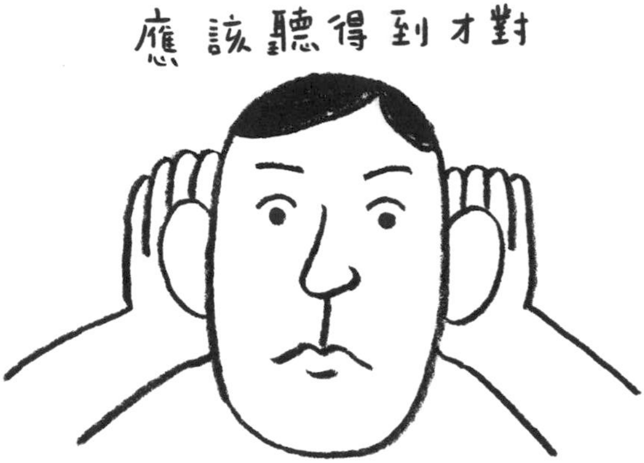

……真不愧是我們家老闆，完全不把專家的意見當一回事。

然後，厲害的專家們又說「不論製造再大的接收天線，三百公里就是極限，不可能再多了」。話說回來，英國與加大拿的距離大約是三千五百公里。換句話說，就算退一萬步來說，這還是一個不可能的任務。但我們已經決定要跟著老闆走到底了。

終於到了實驗當天。按照原定計畫，前往加拿大的我們，應該會接收到其他夥伴從英國傳送的電波。我們沒有打造笨重不堪的巨大天線，而是在天線裝了一個風箏，讓它飛到一百五十公尺的高度。終於到了發送信號的時間。結果……

越過海洋—

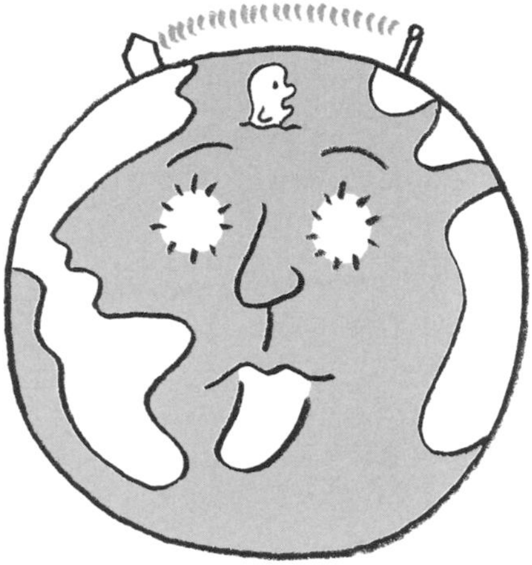

吱……吱吱……吱吱

我們居然成功收到信號了！實驗大獲成功，我們圍著老闆歡呼不已。

後來我們才知道，上空還有一層包覆地球的「電離層」。而電離層似乎具備可反射無線電波的作用。換言之，從英國發送過來的電波，在電離層與地面（海面）之間反射回來，再傳送到加拿大。

自從完成這項越洋無線通訊的創舉，老闆和我們公司在一夕之間變得舉世聞名。我們公司製造的無線通訊機，銷售量也一飛衝天。

雖然我們的老闆是個怕麻煩的笨蛋，但是那股勇於挑戰的衝勁，實在無法讓人小看啊。

發明!!

無線電

行動力過人，勇往直前。

其實，馬可尼從小生長在義大利的富裕家庭，而家裡也替他請過多位家庭教師上門授課。據說馬可尼發明無線電的契機，源自於某位家庭教師曾傳授他當時剛發現不久的電波相關知識。沒錯，馬可尼開發的通訊技術，並不是從無到有的新技術。他的成就是巧妙運用現有的技術以提高無線通訊的性能。

1897 年，馬可尼在英國創立無線電公司。1901 年，27 歲的他完成了越洋無線通訊的壯舉，之後在 1909 年獲頒諾貝爾物理獎。

當時許多船隻都會安裝無線電設備，隨著 1912 年鐵達尼號沈船事件的發生，無線電也愈發受到注目。鐵達尼號沈船的罹難者約有 1500 人，但不幸中的大幸是，因為有其他船隻接收到透過無線電傳送的求救信號，前往救援，最後拯救了約 700 人的性命。

這樁船難促使無線電的銷售量大為提升，而馬可尼也成為鉅富。

by **吉列爾默・馬可尼**

不論什麼事都要做做看才知道！

№ 7

貝蒂女士（年齡秘密♡）

Bette Nesmith Graham

- 1924～1980年
- 出生於美國
- 企業家

重新打字

太麻煩了～～～～～

「呃…今天有銀行公會的聚會活動和地方報社的採訪，晚上要和工商協進會的會長共進晚餐，一定要先訂好餐廳的位子。還有要準備董事長太太的生日禮物……啊啊啊，麻煩死了！」

貝蒂．奈史密斯是美國德州銀行的董事長秘書，現正處於抓狂狀態。擔任董事長秘書是很吃力的工作，必須替董事長做好行程管理，代為回覆書信與文件。

「最怕麻煩的我，根本不適合吃秘書這行飯。好想辭職算了……但不工作怎麼養活麥可呢……」

身為單親媽媽的貝蒂，要是辭去工作，她和兒子麥可就得喝西北風了。貝蒂原本就已經為了工作忙得焦頭爛額，沒想到「屋漏偏逢連夜雨」，最近又發生了一個

讓人頭痛的問題。那就是她工作上使用的打字機*，才

升級成最新機型。

最新型打字機的優點是鍵盤反應速度很快，打起字來很輕鬆。但是，對於不擅長打字的貝蒂來說，反而是幫倒忙。因為她打字出錯的機率比之前更高了。

更糟糕的是，當貝蒂打算擦掉打錯的字時，卻發現慘了。

怎、怎麼會這樣！為什麼擦不掉！

以往使用舊機種時，只要使用砂紙橡皮擦，就能擦掉打錯的字。但是最新機種用的是不同的墨水，所以擦了只會讓墨水擴散、滲透紙張，一點都擦不乾淨。

「不會吧。只要打錯一個字，就得重新再打？怎麼會有這種事！不可能啦！」

哪有這種事！

※用指尖敲擊鍵盤以打出文字的機器。

因為太過震驚，貝蒂遲遲無法回神繼續工作，只是呆呆地看著窗外。結果她剛好看到有個油漆師傅，用油漆在牆壁寫上廣告文字。她發現當油漆師傅不小心寫錯字時，就會用同樣顏色的油漆把字蓋掉。

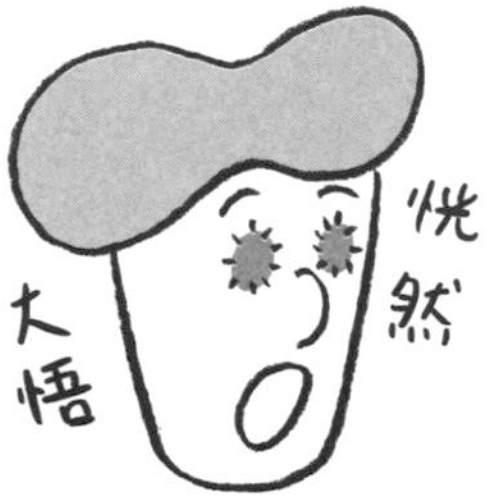

這個行得通耶！

不是把打錯的字擦掉，
只要用和紙張一樣的顏色蓋過去就好了！

隔天，貝蒂把白色顏料裝進指甲油的瓶子裡，帶到公司去。她迫不及待的把顏料塗抹在打好的字上，結果讓她非常滿意。因為字跡完全被蓋過去了。這就是**「修正液」**問世的歷史性一刻。

之後，貝蒂從任教於麥可學校的化學老師獲得協助，不斷進行修正液的改良，也持續使用。過了一段時間，和貝蒂有同樣困擾的同事，也向她開口，希望能向她要點修正液。

這樣一來，貝蒂才開始意識到「我可以靠這個賺錢」這件事。於是她毅然決然辭去秘書的工作，投入修正液的生產與銷售。

因為訂單不斷增加，貝蒂甚至蓋了專用的工廠以提高產量，到了一九七九年，她的公司終於成長為一年銷售二千五百萬支修正液的企業。

有時候把在其他領域當作習以為常的事，應用在其他方面，說不定會帶來意想不到的好結果。一個小小的靈光乍現，說不定也能化為讓人耳目一新的點子。

好麻煩啊

起因於怕麻煩！

發明!!

修正液

這個發明會讓人訝異「怎麼之前都沒人想到」。

拜母親是藝術家所賜，貝蒂從小就很會畫畫。她也發揮自己的才華，曾經利用假日兼差，在牆壁上畫廣告。據說，用與牆壁同樣顏色蓋掉畫壞部分的點子，是她從某個油漆師傅直接聽來的。

另外，在故事中以貝蒂的兒子身分登場的麥可，長大後也成為知名的音樂人。本名麥可·奈史密斯的他，是人氣樂團「頑童合唱團」的成員，在樂壇活躍一時。知名作品包括《DaydreamBeliever》等。

貝蒂也積極參與各項公益事業，向有需要的人伸出援手。包括援助像自己一樣獨立撫養孩子的女性、為一圓上大學夢想的高齡女性設立獎學金等。

貝蒂去世之後，據說繼承了高額遺產的麥可，也將部分用於母親貝蒂成立的慈善基金會。

by 貝蒂·奈史密斯·葛拉漢

愈是簡單的事情，愈不容易被人發現呢。

馬克先生（22）

想幫親愛的老婆

省麻煩!!

- 1916～1996年
- 出生於法國
- 工程師

№ 8

Marc Grégoire

一九三八年，有人發現了一種名為聚四氟乙烯的材料。這種材料具備強大的耐熱性，甚至能承受足以熔化鐵的化學物質。摩擦係數非常低，表面平滑度很高。基於上述的特性，聚四氟乙烯廣泛用於工廠等處，被許多技術人員當作鍍膜使用。

有一位同時熱愛老婆與釣魚，名為馬克·格雷瓜的法國人也不例外。

馬克曾經任職於法國一間航太企業，有一天他突發奇想，思考自己經常在工作上使用的鍍膜劑，能不能也應用在釣具。

「把釣線掛在釣竿時，線有時候會纏在一起，如果把鍍膜劑抹在釣竿上，讓它變得很滑，釣魚線應該就不容易打結了。」

馬克像平常一樣，在吃晚餐的時候向太太柯萊特分享自己的點子。出現在格雷瓜家餐桌上的話題基本上只有兩個；一是馬克的釣魚經，二是聽他開口讚美老婆大人精心烹煮的佳餚有多麼美味。

「好香喔……你今天煮的是我最愛的奶油雞吧。你的奶油燉菜是全世界第一名。」

「哎呀，你的嘴巴真甜。但是每次燉奶油雞，最討厭的就是鍋底常常燒焦。每次都要花力氣洗鍋子實在很麻煩呢。」

「**原來，為了煮我那麼愛吃的一道菜，卻老是給我心愛的老婆添麻煩嗎……**要是柯萊特因為操持家務而累出病來，早我一步離開人世，我該怎麼活下去啊……！」

想到自己竟然讓愛妻添了那麼多麻煩，馬克不禁臉色發青。

「如果鍋子的內部變得更平滑，或許料理就不會那麼容易燒焦了……」

對了，何不試試聚四氟乙烯！❤

「……柯萊特，謝謝你每天都為我精心烹調美味的料理。你別擔心，我不會讓你英年早逝。我去車庫一下，你先開動喔。」

馬克說完之後，留下一臉驚愕的柯萊特，走到被他當作工作室使用的車庫。

「這個鍋子的材質是鋁合金嗎……那我就用這種藥劑把表面弄得凹凸不平，產生很多細小的溝縫……如果用這種方法，應該可以均勻的鍍上聚四氟乙烯。」

原本計畫在鋁合金材質的釣竿上，塗抹聚四氟乙烯的馬克，試著把這個方法如法炮製在同樣材質的鍋子。最後，他把經過加工的燉鍋和平底鍋交給柯萊特使用。

大吃一驚的柯萊特，用燉鍋煮了奶油雞，又用平底鍋煎了荷包蛋。結果她驚喜發現，不論是燉鍋還是平底鍋，都完全沒有燒焦。

「馬克，你實在太厲害了。真的完全不沾鍋耶！」

看到柯萊特滿足的表情，馬克也放下了心中的大石頭。

不沾鍋的開發契機出自於馬克對太太柯萊特的愛，而此項發明至今也持續造福人群，替許多人減輕家事的負擔。

起因於怕麻煩！

發明!!

不沾鍋

聚四氟乙烯是由一位任職於美國某間化學公司的研究員羅伊・布朗克偶然發現。布朗克把研究時會用到的特殊氣體分裝在小型鋼瓶，冷凍起來。沒想到，某天早上當他打算使用這些氣體時，打開栓蓋一看，卻沒有氣體冒出。

於是，布朗克拴緊蓋子仔細檢查，發現鋼瓶內側附著了許多白色的粉狀物質。這就是聚四氟乙烯。最後，這間化學公司把這種耐熱性強、表面平滑度很高的材料，當作鍍膜和塗料上市銷售。

布朗克也考慮過要把聚四氟乙烯加工在燉鍋和平底鍋等鍋具，但是為了確定會不會在烹調過程中釋出有毒物質，花了很長的時間進行安全測試。因此在他還在測試期間的 1938 年，本篇故事的主角馬克・格雷瓜已經搶先一步，發明了聚四氟乙烯加工的鍋具，開始在市場上銷售。

by 馬克・格雷瓜

託鍋子改良的福，我和老婆有更多時間相處了呢。

№ 9

Ermal Fraze

厄爾默先生（46）

- 1913～1989年
- 出生於美國
- 發明家

開罐頭

實在太麻煩了～～～

我的父親厄爾默．弗蘭茲經常掛在嘴邊的口頭禪是「因為我是農家子弟。」

我父親以前常說：「我從小看著父母務農。所以我很小的時候就知道務農有多麼辛苦。我也一直很希望農業能夠機械化，以省去各種麻煩的作業。畢竟我是農家子弟出身。」

除此之外，我父親也是一個很怕麻煩的人。父親在我一歲的時候創業，開了自己的公司。據說一賺到錢，就立刻買車送我母親。沒想到，日後父親卻笑著告訴我們：「送你媽車子是因為我覺得自己開車很麻煩。」

喜歡戶外活動的父親，每到周末都會帶全家人出去野餐。不用說，負責開車的當然是母親。父親最喜歡眺望著一望無際的麥田或玉米田，一邊喝著啤酒，一邊享受著田園風光。

那次野餐是我十一歲的時候。那天我們全家都睡過頭，所以準備得非常匆忙。慌亂之中，父親也忘了帶開罐器。當時，只要是罐裝飲料，都必須用開罐器，在罐頭頂部開個洞才能喝。

視喝啤酒為人生一大樂事的父親，實在按捺不住想喝啤酒的衝動，所以很克難的嘗試用石頭敲開罐子，或是試圖用叉子戳洞。最後，終於用車子的保險桿敲開了罐頭，但是裡面的啤酒也噴出大半。

自認血液裡流著啤酒的父親，忍不住喃喃自語

呀，怎麼會變得這麼麻煩。
有沒有不那麼麻煩，
就可以輕鬆喝到啤酒的方法呢。

從此，「如果開罐器能夠附在罐子上就好了……」這句話就成了父親的口頭禪。歷經無數個夜晚在車庫挑燈奮戰的日子，父親終於發明了不必開罐器也能打開罐頭的**「Pull tab（易開罐拉環）」**。

有了易開罐拉環，大家只要把拉環拉下來，就可以喝到裡面的飲料了。某間啤酒公司一採納這項發明後，業績在半年左右增加了大約5倍。之後，來自海外的訂單如雪片般飛來，父親的公司業績也蒸蒸日上。

雖然銷售量不斷增加是好事，但也產生了一個問題，隨手亂扔拉環的人也增加了。

有一次我和爸媽一起外出野餐。我到現在還記得，當父親看到隨地亂丟的拉環時，一臉哀傷的說「田園風景怎麼能出現垃圾。再怎麼說，我畢竟是農家子弟啊」。

之後，父親便開始投入易開罐的改良。

大家就是覺得拉環和罐子要分別丟棄很麻煩，所以才會亂丟。換句話說，只要想辦法讓拉環不會脫離罐子就可以解決問題了。

父親最後想出「Stay on Tab」（壓下式拉環），讓拉環留在瓶蓋上的設計。

這種方式很快就普及開來，終於解決了拉環被亂扔的問題。

我回憶起到了晚年，依舊像以前一樣外出野餐的父親，曾經邊拉開壓下式拉環邊說「我想，我身為一個農家子弟，算是幹得還不錯啦。」

喝完要記得回收喔！

起因於怕麻煩！

發明!!

Pull tab & Stay on Tab 拉環

厄爾默．弗蘭茲出生於農業盛行的印第安那州。長大後，他進入了現在的凱特林大學學習工業技術。

在第二次世界大戰期間，厄爾默在軍工廠擔任技術人員，開發了可提升子彈擊發速度的槍等。

戰爭結束的 1949 年，厄爾默搬到鄰州的俄亥俄州，成立了製造工業機器的公司。

創業初期，厄爾默一個人從事組裝糖果贈品盒的工作，後來隨著訂單增加，也承接來自汽車公司、電機廠商等委託的工作。1959 年，厄爾默開發出 Pulltab 拉環，接著是 StayonTab 拉環之後，公司的業務變得更加繁忙，到了 1980 年左右，員工數已經增加到大約 500 人，年營業額已達 5000 萬美金（約台幣 15 億）的企業。

不論什麼時候都適合喝啤酒喔。

by 厄爾默．弗蘭茲

№ 10

James Spangler

史潘格勒先生（59）

- 1848～1915年
- 出生於美國
- 發明家

掃地

實在太麻煩了～～～

「咳咳咳，怎麼一直咳不停。最近咳嗽咳得愈來愈厲害了。這麼多的灰塵，難道連我這個天才發明家詹姆斯．史潘格勒也無計可施嗎。」

自稱天才發明家的詹姆斯．史潘格勒當時在百貨公司當清潔工，而身邊的人都把他當作「怪人」。

史潘格勒從二十幾歲開始，一直從事家具和家用品的銷售工作，但是到了四十歲左右，卻突然辭掉原有的工作，立志成為發明家。剛好那時正是愛迪生發明留聲機和電燈泡的時期，或許他是受到這件事的影響也不一定。

經過一番研發後，他發明了一種農業工具「乾草耙」，可發揮「保持乾草的乾燥」功能。沒有務農經驗的他，發明的這項產品可說是乏人問津。

但是，史潘格勒並不氣餒。他再接再厲的發明了一種把踏板直接安裝在車輪的「腳踏兩輪車」。

但是，這項發明在當時的美國並未引起世人的注意。

「難道我的夢想，終究是沒有實現的一天嗎……我只能為了生計不得不繼續這份工作嗎……咳咳咳……這些灰塵真的不是在開玩笑，我快要撐不下去了。而且這間百貨公司也太大了。每天到底要掃多久，才能掃完所有的地板啊，真是太麻煩了……咳咳咳。

但是，危機正是轉機！

因為有句話說『麻煩為發明之父*』！

※其實並沒有這句話。但西方有句類似的俗諺「需要為發明之母」。

只要我堅持下去，相信我很快就可以成為像愛迪生一樣的大富翁！」

於是，史潘格勒開始研發能讓掃除工作變得輕鬆的機器。

咳咳咳

「因為經費不足，就用家裡現有的東西來做好了……電風扇和木箱，再加上拖把桿和枕頭套……嗯，這樣就可以了。利用電風扇的吹力和放在木箱裡的刷子，把灰塵直接吸到枕頭套裡。這樣一來，灰塵就不會到處亂飛了。用這種方式打掃，比拿著掃帚和畚箕省時又省力多了！」

經過一番努力，史潘格勒終於完成了可減輕掃除負擔的**「吸塵器」**。接著他找太太商量，告訴她自己想開一間製造吸塵器的公司。

「不行、絕對不行！你自己說，直到目前為止，你已經失敗幾次了？等一下，那個枕頭套是我的吧！怎麼會被你搞得都是灰塵……」

「對不起啦……」

但無論太太如何大力反對，史潘格勒還是無法死心。

最後他決定把吸塵器賣給熟人。結果買下吸塵器的是他的姪女蘇珊。蘇珊用了以後，對這台機器的效果非常滿意，也在先生威廉面前對它讚不絕口。

威廉原本經營的是製造馬具的公司，但當時剛好是汽車開始普及的時代，馬具的銷售量逐年下滑。因此，威廉決定發展製造吸塵器的新事業，於是他也邀請史潘格勒到公司上班。

最後，吸塵器大獲好評，銷售量扶搖直上，公司的規模也擴大了。

終於，史潘格勒不再只是「自稱」，而是備受大家認同的發明家，足以留名青史。

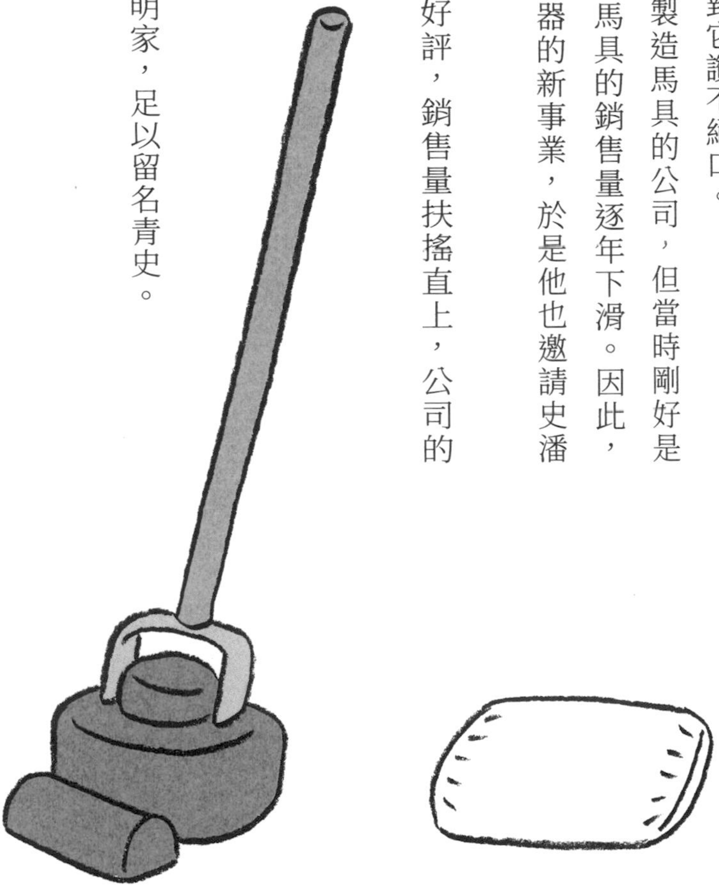

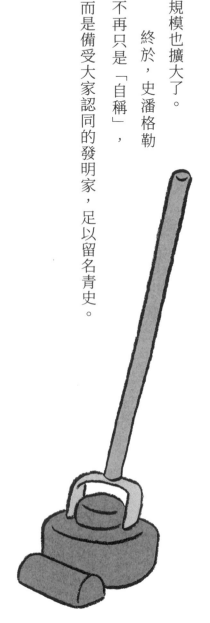

好麻煩啊

起因於怕麻煩！

發明!!

吸塵器

著眼點絕佳的發明

其實吸塵器最早在 19 世紀後半已經登場，一開始的集塵方式是吹出空氣，把灰塵和雜質吹進容器裡。

到了 1901 年，英國的修伯特·布茲，發明了真空式吸塵器。但是，布茲的吸塵器必須靠馬匹拉才能發動，而且機器的體積龐大，所以能夠使用的場所相當有限。西敏寺和皇家鑄幣廠等，至今都留有當年請布茲的吸塵大車隊，負責清潔地毯的紀錄。

相形之下，史潘格勒使用的是電風扇的風扇，大小符合家庭使用，所以被視為現代吸塵器的原型。

再加上當時採用由業務員實際在客戶家中示範吸塵器的使用方式與效果，讓客戶眼見為憑的行銷方式大獲成功，因此史潘格勒的吸塵器成為暢銷產品。平心而論，他以前當過業務員的經驗應該也派上用場了吧。

by　**詹姆斯·史潘格勒**

不論幾歲都要懷抱著夢想

column

生平最怕麻煩事的
不得了偉人傳！

【劉邦】

Liú Bāng

把工作視為麻煩事，結果建立了國家!?

中國在歷史上曾經陷入分裂。本篇要介紹的就是建立「漢」朝（前漢）的劉邦。細數古今中外人物，怕麻煩的不在少數，但要找到第二個比劉邦更怕麻煩的，恐怕很難。那麼，請各位翻到下一頁，讓我們一起看看他有哪些怕麻煩的「事蹟」吧。

秦始皇在距今兩千多年前，統一了中國。但是在秦始皇駕崩後，全國立刻陷入混亂，再度開始分裂。這時，有最強武將之稱的項羽，自立為西楚霸王。但是，後來打倒項羽的，卻是最怕麻煩的劉邦。

劉邦年輕時喜歡喝酒，整天遊手好閒，無所事事。不過也不知為何，他的人緣很好，到處廣結善緣。他最後受到朋友們推薦，當上了故鄉沛縣的亭長（相當於一個小警察分局長）。

某天，劉邦奉命押送一百名囚犯前往秦朝的首都咸陽，修築秦始皇的陵寢。劉邦費了好大的勁，總算帶著一百人出發前往咸陽，但出發後卻發現囚犯的人數減少了。因為有些不願意從事勞役的人半路脫隊逃走了。這下子，劉邦如果沒有帶著一百人前去報到，就會因違命而被處刑。但是，對劉邦而言，不論要他找回脫隊逃跑的人，或是找新的人補齊人數，都是麻煩至極之事。於是劉邦一不做二不休，把剩下的囚犯都放了。

但是這群囚犯之中有不少人無處可去，所以決定繼續跟著劉邦。再加上有些風聞劉邦的事的人、故鄉的鄉親們都加入他的陣營，不知不覺已儼然成為一股強大的勢力。最後，劉邦打敗項羽，成為漢朝的開國皇帝。

如果劉邦當初不嫌麻煩，堅持完成上級交付的命令，或許歷史就要重新改寫了。

men do ku sai

第3章

因為覺得麻煩而產生的重大發想！

№11→15

zu kan

№ 11

Thomas Sullivan

蘇利文先生（年齡不詳）

- 19世紀
- 出生於美國
- 貿易商

沖泡紅茶

實在太麻煩了～～～

世界上到處都是怕麻煩的人。

有些人連走到垃圾桶丟個紙屑都嫌麻煩，直接把它揉成一團亂扔。有些人則是嫌用手拉開抽屜太麻煩，寧願伸腳開開關關。

建議下次遇到這些對麻煩事避之唯恐不及的人時，各位不妨好好觀察他們的行動。因為藉由這樣的觀察，或許就能發掘許多能夠造福人群，讓生活更加便利的創意點子。

當時是距今超過一百年的一九〇八年。在美國銷售進口紅茶的湯瑪斯．蘇利文遇到了一點小麻煩。為了拓展客戶，他打算寄給客戶每人一杯份的紅茶葉樣品，但是卻為了該如何分裝茶葉而傷腦筋。

「現在都拿裝商品的禮盒罐裝樣品，可是罐子那麼重，而且只裝一杯份的茶葉也太浪費了。有沒

有更好的容器可以裝呢……」

正當他陷入苦思時，剛從學校回到家的女兒對著他喊「爸爸你看！你看我們今天在學校做這個耶。很漂亮吧！」

接著向他「獻寶」，給他看了一個絲質的小袋子。

「這個好！把茶葉裝在裡面就不用擔心體積變得笨重，也增加不了多少重量！」

發現自己找到解方的蘇利文，趕緊製作了許多絲質小袋子，再裝入一杯份的茶葉，寄給客戶。

有一天，蘇利文從客戶身上看到令他大吃一驚的舉動。

把茶葉和熱水倒進茶壺，等到出味再用濾茶網撈出茶葉，最後把紅茶倒進茶杯，是當時沖泡紅茶的標準做法。所以，蘇利文也理所當然以為客戶會把茶葉從絲袋裡拿出來，按照一般方式沖泡。

沒想到，在他當天拜訪客戶時，他卻親眼目睹客戶把裝著茶葉的絲袋直接丟到茶杯裡，從上面注入熱水。

看到蘇利文驚愕的樣子，客戶對他這麼解釋。

如果連袋子一起把茶葉放進杯子裡，就不必使用茶壺和濾茶網了。你看……即使隔著袋子，茶味和香氣還是很濃啊。而且喝完以後只要把茶葉連這個袋子丟掉就好了。你不覺得這樣喝茶可以省去很多麻煩嗎？

說完以後，客戶便一臉滿足的繼續啜飲紅茶。

聽了客戶的話，仔細思索一番的蘇利文，立刻推出每個絲袋裝了一杯份紅茶葉的新產品上市銷售。我們目前已習以為常的**「茶包」**就是在此時誕生。

之後，蘇利文為了提升紅茶的風味，嘗試改用網目較大的紗布等其他材質。結果，原本已經大受顧客歡迎的茶包，瞬間席捲全美國，甚至還行銷世界各地。

茶包的問世，可說是藉由觀察周圍，也可能激發出創意火花的最佳例子。

好麻煩啊

起因於怕麻煩！

發明!!

茶包

麻煩的事當然是能省則省對吧。

蘇利文發明的紗布茶包，沒多久之後就被成本更加便宜的紙製茶包取代，到了 1930 年代，已經在美國相當普及。

其實，早在蘇利文發明紗布茶包的 7 年前，已經有兩位女性想出類似的點子。她們的做法是把 1 杯份量的茶葉裝入形狀和濾茶網一樣的棉布袋，再放進杯子裡直接沖泡出茶湯。

雖然這項發明不像蘇利文的茶包如此普及，但這項名為「泡茶器（Tea Leaf Holder）」的製品至今也仍有人使用。

不論是茶包還是泡茶器，基本上都是以省去「必須用茶壺和濾茶網泡茶的麻煩手續」為發想。

順帶一提，蘇利文生平最為人所知的事蹟是發明了茶包的原型，但其他的人生經歷，卻沒有留下太多的紀錄。

by **湯瑪斯．蘇利文**

這項發明充分發揮了為了省麻煩的巧思呢。

№ 12

Frank McNamara

麥克納馬拉先生（帥大叔）

- ？～1957年
- 出生於美國
- 企業家

隨身帶著現金

實在太麻煩了～～～

「……我沒有帶錢包」。

紐約的金融大亨法蘭克．麥克納馬拉曾經出過這樣的糗事。那天他和重要客戶在餐廳用餐，等到結帳時他才發現自己忘記帶錢包。畢竟沒有要客戶付錢的道理，所以法蘭克只能請客戶先離開，自己留下來與餐廳交涉。

「真是不好意思，我是在曼哈頓從事金融業的法蘭克．麥克納馬拉。我的名字時常出現在報紙的財經版，你真的沒聽過我這個人嗎？」

「您的名字我聽過」。

「是嗎。這樣事情就好辦了。老實說，我今天忘了帶錢包出門。我保證明天一定來付錢，可以讓我通融一天嗎？」

「抱歉，恕難從命。因為本餐廳無法確認您是否是麥克納馬拉先生本人……」

「什麼！？我當然是本人，可不是什麼冒牌貨……等一下，你說要有能夠證明我的身分的東西……哎！**身分證也放在錢包裡……**」

最後，麥克納馬拉只能打電話回家，請太太帶錢過來「贖人」。

「我，我真的是法蘭克·麥克納馬拉啊……」

在等待太太過來解圍的這段時間，法蘭克覺得很難為情，欲哭無淚。

太太開口。

等到太太帶著錢結帳完畢，法蘭克像是為自己找藉口開脫似的向

「隨身攜帶一大疊現金，本來就是很麻煩的事。你不覺得嗎？」

「再怎麼麻煩，也沒有被迫帶著『贖金』跑一趟的**我**麻煩。」

太太一針見血的評論，讓法蘭克瞬間啞口無言。

隔天，法蘭克向朋友雷夫·施奈德訴苦。雷夫聽了大笑，但他也同意法蘭克的看法，覺得隨身攜帶現金很麻煩。於是，他們兩個一起思考有沒有什麼好辦法可以解決這個問題。

「簡單來說，就是這個人即使沒帶現金，但我們也要想辦法讓別

人相信他有能力付帳吧……」

「最後，這個人要一次付清全部的帳單。如果他能夠提供什麼證明，讓他得到別人的信任就好了……」

原來如此！只要針對真的有能力支付帳單的人發行證明，讓他帶著這張證明出示給店家，對方知道他是可以信用的人就行了！

兩人達成共識後，立刻發明信用證，廣邀熟人與朋友加入這個俱樂部。接著開始走訪紐約的各大店家，遊說他們加入這個讓顧客簽帳的制度。

當時發行的信用證，就是今天我們廣泛用於上館子、購物等各種消費，世界首創的**「信用卡」**。

起因於怕麻煩！

發明!!

信用卡

請計劃性消費，量力而為喔。

法蘭克・麥克納馬拉創立的信用證，被命名為「大來卡（Diner Club Card）」。「Diner」的意思是「食客」，據說會取這個名字，也是源自於創辦人當初無法得到餐廳信用的小插曲。

法蘭克當初忘記帶錢包的事，也刊登在大來俱樂部的官網。雖然有人認為這件事純粹是為了拓展簽帳卡業務所編造的故事。

信用卡的機制是先消費，後付款。其實，石油公司等企業，也曾實施類似的制度，不過像現在一樣，可用於餐廳、百貨公司等各種場所的信用卡，大來俱樂部發行的簽帳卡實屬世界首創。

和法蘭克一樣，覺得每次付帳都得準備現金很麻煩的人似乎不在少數，所以據說卡片從 1950 年發行之後，會員人數一直迅速增加。

by　法蘭克・麥克納馬拉

出門時可以少帶點東西很棒吧！

喬治先生（48）

● 1907～1990年
● 出生於瑞士
● 發明家

拿掉黏在狗身上的蟲

太麻煩了～～～～～～

№ 13

Georgede Mestral

喬治帶著愛犬米卡野餐後回家了。到家後，喬治一臉悶悶不樂。

「米卡，你聽清楚了喔。瑞士人絕對不會眼睜睜看著壞人逍遙法外。就像瑞士的國父威廉泰爾最後不也打敗了大壞蛋格斯勒嗎。」

「……**嗚嗚嗚**……」

「反正，我的意思就是我絕對不會放過給我們找麻煩的壞傢伙。俗話說，知己知彼，百戰百勝。首先，我們得先了解敵人才行……」

「**嗚嗚嗚。汪汪汪！**」

「很好！就是要有這樣的氣魄！」

「……老公，米卡是狗耶。你確定你跟他講什麼威廉泰爾的事牠聽得懂嗎？」

「不用擔心，米卡一定聽得懂。因為牠很聰明，是吧？」

「**汪汪！**」

「乖孩子。那我們趕快去偵查敵情吧。到底這種黏在你身上的蟲是何方神聖。嗯，這應該是野生牛蒡的果實吧。一大堆黏在我的衣服和米卡的毛上，要一粒粒拔下來

太麻煩了。黏在我衣服上的還算好清，黏在米卡毛上的就麻煩了。硬拔下來，米卡會很痛呢。得一粒粒小心翼翼的拔下來……」

「**汪汪汪～……**」

「天呀，實在太麻煩了！……**等一下，如果把這種果實的底細調查個一清二楚，說不定會找到容易清除的方法呢**。米卡，你等我一下喔！」

「**汪汪？**」

喬治對米卡說完以後，拿了放大鏡開始觀察野生牛蒡的果實。結果發現果實的表面覆蓋著刺，而且刺的前端呈J字形。

「就是這個倒刺，勾住了衣服的纖維和狗毛吧。……說不定它就是藉著附著在人和動物身上，達到傳播種子的目的吧。雖然是我們的敵人，但腦筋還挺靈光的呢。哎呀，現在不是佩服敵人的時候。話說回來，如果穿著尼龍等材質光滑的衣物，果實可能就不容易黏附了吧。要我改穿尼龍材質的衣服當然沒問題，但是米卡呢。牠應該不願意被套件衣服吧……」

「**嗚嗚……**」

「哎呀，沙發套又滑下來了。每次都要重新裝上去好麻煩喔。有沒有什麼辦法可以黏住沙發套呢。」

「……黏住？看樣子我和老婆的需求剛好相反呢。我想要的是拔掉，她需要的是黏住……」

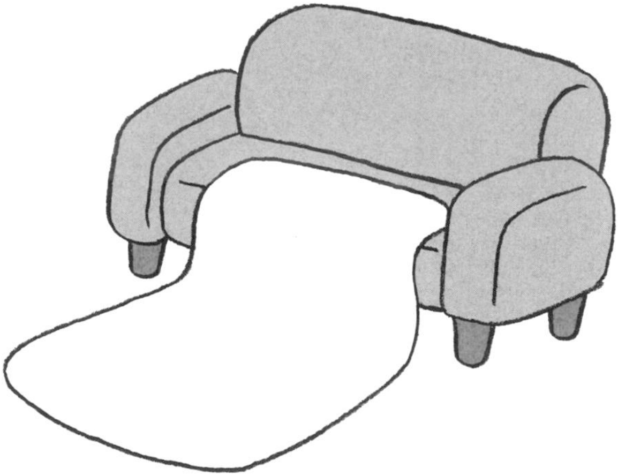

……等一下。我在想的是不要沾黏的方法，但是，野生牛蒡果實的原理，應該很適合用來讓兩塊布面相黏吧。

喬治產生這樣的想法之後，**開始思考該如何把兩塊布黏起來的方法**。

最後，他的解決之道是開發了兩塊墊子；一塊的表面佈滿了鑰匙形狀的鉤狀結構，另一塊的表面是環狀結構。只要貼合兩塊墊子，彼此就會牢牢的吸附，但只要用力一撕，就會分離。這就是我們熟知的「**魔鬼氈**」。

只要心念一轉，原本覺得麻煩礙事的東西，也能化為便利之物。這個故事讓我們知道轉換思考角度的重要性。

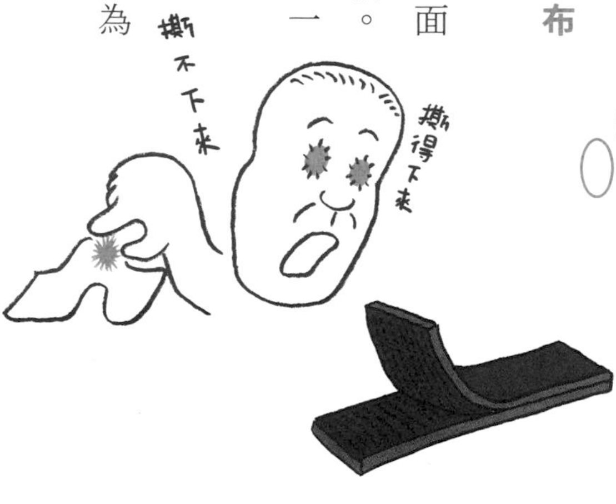

好麻煩啊

起因於怕麻煩！

發明!!

魔鬼氈

這算是顛覆原有想法的發想吧！

從1941 年喬治覺得拔掉野生牛蒡的果實很麻煩，一直到 1955 年他終於成功申請到魔鬼氈的專利，中間歷經了漫長的歲月。換言之，他等於投入了很長的時間進行開發。

據說喬治很苦惱不知道該選擇何種材質，所以經過多次的嘗試錯誤。最後，他終於決定以特殊的尼龍製作鉤狀結構，以聚酯纖維製作環狀結構。

商品化之後，因為魔鬼氈的設計比鈕扣容易穿脫，所以滑雪衣、潛水的裝備等開始採用，逐漸普及開來。

日本在 1964 年開通的新幹線的頭墊枕巾，採用了魔鬼氈的設計，在當時也頗受注目。美國的 NASA 則是在不能在牆上吊掛東西，也不能把東西放在架子上的無重力的太空船，以魔鬼氈來固定東西。

by **喬治・德・梅斯特拉爾**

只要了解敵人，就能找到解決之道！

№ 14

EdwardKnabusch&
EdwinShoemaker

愛德華先生（27）和
艾德溫先生（20）

- 木匠
- 1900～1988年
- 農家
- 1907～1998年
- 兩人都是出生於美國

去床上睡覺

太麻煩了～～～～～

「呼，比賽結束。我們底特律老虎今天也慘敗給洋基啊……艾德溫，你可以幫忙關掉收音機嗎。」

「我知道啦，愛德華。不管怎麼說，洋基實在太強了。從貝比魯斯擊出全壘打以後，我就放棄不看了，幾乎都在睡。」

「我也是。今天的陽光剛剛好，曬得我暖烘烘……叫人不想睡也難啊。」

愛德華和艾德溫是一對感情非常好的表兄弟。每到星期天的下午，他們總是把桌椅搬到院子，一邊做日光浴，一邊聽著收音機的棒球轉播。

這天是個晴朗的好天氣，尤其是從樹葉間傾瀉而下的陽光，曬得人懶洋洋的。

「哎，乾脆睡個午覺好了……可是還要走到房間爬上床……太麻煩了。好想就這樣深陷夢鄉……」

「我也是耶。艾德溫，你能不能把我扛到床上……」

「嗯……可以啊。但是，等到我把你扛上床，你也要把我扛上床，可以嗎？」

「……成交。」

「……我聽你在唬爛！」

「……對啦。我剛才是騙你的。抱歉啦……」

如果椅背能夠往後倒，變得像床一樣可以讓人往後躺就好了……好想睡……

「……如果有這種椅子就太棒了。對吧，艾德溫……」

像床一樣，可以躺下去的椅子，我們自己來做不就得了！艾德溫，你幫我，我們一起做！

說完之後，愛德華立刻從椅子上起身，拉起昏昏欲睡的艾德溫，拖著他的手臂，一起走到自己的工作間。首先，由身為木匠的愛德華，把艾德溫的想法具體成形，製作出椅背能夠往後倒，讓人平躺的「**躺椅**」。

一年後……

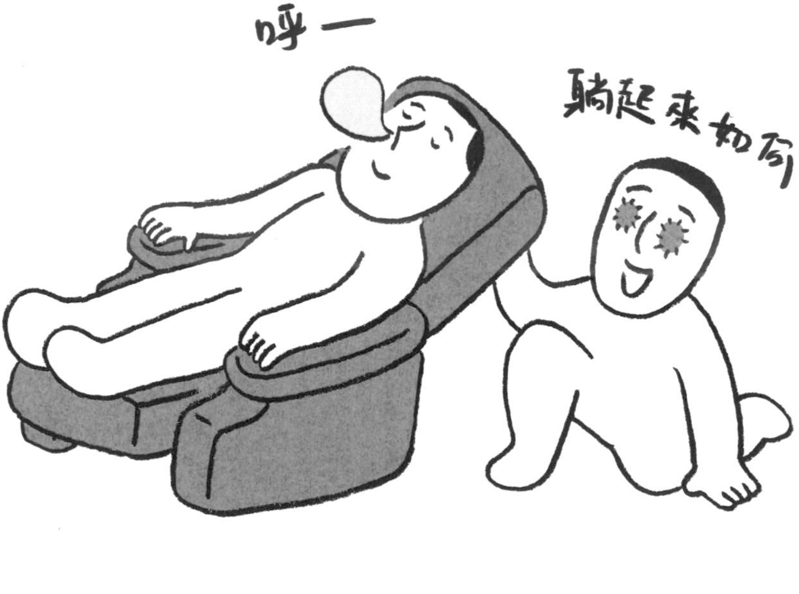

「啊，比賽結束了。難得我們底特律老虎今天終於贏了……艾德溫，你可以幫忙關掉收音機嗎？」

「好啦。其實，我根本沒想到今天會贏，所以幾乎從頭睡到尾。」

「老實說我也是呢。因為今天的陽光好舒服，曬得我昏昏欲睡……」

「對了，家具行的老闆要我們替這張椅子取個響亮的名字，再擺到店裡賣。愛德華你有沒有什麼想法？」

「沒有，我什麼都沒在想。……與其要我思考那麼麻煩的事，不如好好睡個午覺比較實在。」

「說得也是呢……既然睡神已經召喚我，想睡就睡吧……」

於是，兩個人就繼續沉睡，連取名字這件事都嫌麻煩沒做。

現在回想起來，躺椅可說是一項由怕麻煩的人，專為同樣怕麻煩的人量身訂做的發明。

好麻煩啊

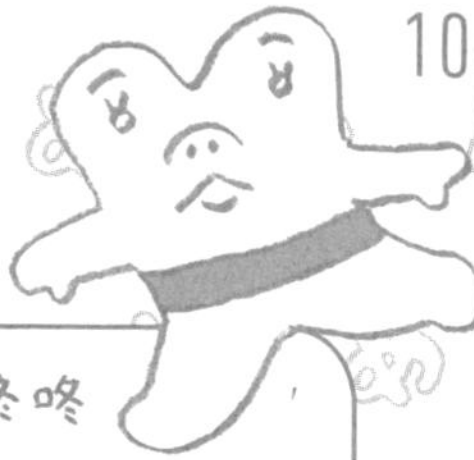

起因於怕麻煩！

發明!!

咚咚

躺椅

怕麻煩是此項發明的唯一理由。

這對表兄弟都是從小生長在密西根州的門羅鎮。艾德溫原本務農，但是受到從事木工的愛德華影響，對木工也開始產生興趣。1927 年，兩人一起創立製作家具的公司。

公司草創初期，他們直接在愛德華家的車庫製作家具，直到戶外用的木製躺椅開始暢銷，他們才蓋了像樣的製造工廠。之後，他們也開始接受客戶委託，生產加了布質靠墊的室內用躺椅。如同前述，兩人都覺得取名很麻煩，所以直接向工廠的員工徵名。最後雀屏中選的名字是「La-Z-Boy（拉茲男孩）」。這個名字由意味著「懶惰」的「Lazy」加上意思是男孩的「Boy」所組成，也就是「懶惰男孩」。只能說這個名字實在取得太貼切了。

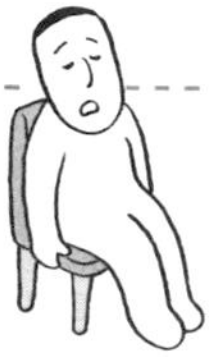

by 愛德華．克納布什 & 艾德溫．舒梅克

好舒服喔……呼呼……呼呼

№ 15

HoraceRaymond&
SheldonRoby

霍雷斯先生（年齡不詳）
謝爾登先生（年齡不詳）

- 工程師
- 1897～1954年
- 工程師
- 1895～1983年
- 兩人都出生於美國

開門和關門

都太麻煩了～～～～

「謝爾登，你為什麼一副坐立難安的樣子，難道你想換位子嗎，已經沒有其他位子了耶？」

「霍雷斯，你在說什麼啊。這個位子有什麼問題嗎？」

「大有問題啊。今天是周末，所以餐廳客滿對吧。而且這間餐廳有七百個位子，想也知道廚房根本忙翻天了。你看連廚師和服務生都一副很緊繃的樣子。」

「嗯。確實像你講的一樣。所以那有什麼問題嗎？」

「你等一下就知道了……」

砰！

「哇！嚇我一跳。」

「就是這個啦。你這個位子剛好對著內場要出去送餐的門口，所以服務生進進出出的次數很頻繁。再加上他們的手上不是端著料理就是空盤，所以只能用這種很粗暴的方式讓門自動闔上。換句話說，坐在這個位子的人，根本不可能靜下心來品嘗料理。」

「原來如此……可是，我們上次來的時候，店裡還蠻安靜的耶。」

「只要不是周末來，都挺安靜的。因為服務生可以一手端著料理，另一手輕聲關門，而且進出廚房時，還會重新調整方向，面對外場大廳點頭致意。但是，如果客人像今天這麼多，服務生兩手都端著盤子，就只能用腳踢開門了。」

「也就是說，他們沒有閒功夫去做輕聲關門，再點頭致意這種麻煩事啦。」

砰！

「……謝爾登，你現在很清楚這個位子有什麼問題了吧。」

「……嗯，完全了解。」

「很好。那我們今天吃飯的時候，就一邊觀察服務生們的動作吧。能夠隨遇而安，處變不驚的人才是贏家。」

「謝爾登，你還真有閒情逸致啊。不過，觀察服務生的動作到底有什麼樂趣呢？」

「我們是工程師，所以當然用工程師的角度來觀察囉。」

”工程師，就是靠靈感和技術解決問題對吧？“

以目前的情況而言，你覺得我們該如何解決讓服務生覺得不堪其擾的問題呢？」

砰！

「嗯……比方說，讓門可以自動打開，服務生就不必用腳踢門了。」

「你是說自動門嗎？這個主意不錯耶。聽說古希臘時代的天才工程師菲隆，就曾經發明只要時間一到，神殿大門就會自動開啟的自動門呢。」

「可是，要讓門自動打開，一定需要某種動力啟動吧。」

「……利用太陽光怎麼樣？我在上個月舉辦的技術展有看到太陽能電池。它的原理是只要在有光的地方就能發電。所以我們可以在門前打造一條光的通道，讓它接觸太陽能電池。人經過的時候，光源就會被遮蔽，自動切斷電源，於是門就開了。不知道這麼做是否可行？」

砰！

砰！

「我覺得大有可為喔，謝爾登。我們趕快試試看！」

於是，兩人便發明了裝了光感應器（紅外線）的**「自動門」**。原本很麻煩，必須手動開門及關門的動作，現在一下子變得輕鬆許多，造福了無數的餐廳服務生。

好麻煩啊

起因於怕麻煩！

發明!!

自動門

正如前述所提，世界首創的自動門，由距今約1900 年的工程師菲隆所發明。據說其機制是利用以火加熱水時，水化為蒸氣的力量，使神殿的大門從正中央往左右拉開。這種左右對開的開門方式，日文稱為「觀音開」。霍雷斯與謝爾登發明的自動門，也是採用同樣的開門方式。

另外也有門往旁邊移動打開的自動門。發明這種自動門的是美國兩位分別名叫做迪．霍頓與盧．休伊特的工程師。

他們兩位住在海風強烈的濱海小鎮。在這裡，從正中央開啟的自動門，有時會被風吹開。因為這項不便，讓他們起心動念，想辦法開發了門往旁邊移動的自動門。另外，他們的自動門並非採用光線感應器，而是改良成以重量感測，當鋪在門前的墊子感測到重量時，就會自動開啟。話說回來，自動門的發展，也歷經一段漫長的歷史。

by 霍雷斯．雷蒙 & 謝爾登．羅比

靠著技術的力量解決麻煩事！

column

生平最怕麻煩事的
不得了偉人傳！

【土方歲三】

TOSHIZO HIJIKATA

因為覺得幫忙很麻煩，才成為武士!?

江戶時代末期，京都崛起了一個從事類似現代警察職務，名為「新選組」的武裝團體。他們最為人所知的特徵是寫著「誠」字的隊旗。新選組的職務是剷除反對幕府的異議分子。照理說，嫌這份工作麻煩的人，應該等著被炒魷魚吧。這次的主角土方歲三，也曾是新選組的成員之一，接著就讓我們一起看看他的軼聞趣事吧。

土方歲三在新選組之中，人稱「鬼之副長」。他出生於現在的東京都日野市的農家。雖然說是農家，但土方的老家其實是當地的老字號藥商；他們家的家傳藥「石田散藥」，專治跌打損傷。雖然家裡有六個孩子，但家境相當富裕，所以身為老么的歲三，過著衣食無缺的日子。

歲三從小就非常喜歡劍術的訓練課程，似乎立志將來要成為武士。因為這個關係，歲三在家裡的院子種了箭竹。箭竹是製作箭桿的材料，是武士家庭普遍種植的植物。

不過，歲三只要在家，還是得幫忙製作藥物。畢竟藥物是要吃下肚的，所以製法、劑量等各種細節都須十分嚴謹。不巧的是，歲三最討厭這些繁瑣的細節，覺得非常麻煩。所以他寧願每天出門賣藥，也不願意留在家裡製藥。當他在整理行囊時，只見他偷偷放入劍術的道具……沒錯，他說要出門賣藥，其實只是為了找藉口離家。他壓根沒有乖乖賣藥，而是到各地的道場修練劍術。所以，雖然賣藥的正事他一點也沒做，唯獨劍術倒是不斷進步。

最後，歲三得到和自己同樣喜歡修練劍術、身兼表親與姊夫的佐藤彥五郎介紹，結識了之後成為新選組局長的近藤勇。

如果歲三不嫌製藥是很麻煩的差事，或許他就不會加入新選組，而是成為專售特效藥的知名藥商吧。

men do ku sai

第4章

被「太麻煩了」所催生的大發明！

№ 16 → 22

zu kan

№ 16

KarlFriedrichChristian
LudwigFreiherrDrais
vonSauerbronn

德萊斯先生（32）

● 1785〜1851年
● 出生於德國
● 發明家、林務員

照顧動物

實在太麻煩了〜〜〜

大家好，我是德國的發明家**卡爾・腓特烈・克里斯蒂安・路德維希・男爵・德萊斯・馮・紹爾布朗**。

大家一定覺得我的名字這麼長，很麻煩吧。我也深有同感。為了方便記憶，請大家叫我「德萊斯」。如果還是覺得很難記，那叫我「Do」好了。只要記得我叫做「Do」就好了。

嘎？你說聽起來像荳芮米的荳嗎？你要這麼想也可以啦。對了，說到荳芮米，大家不覺得把音符畫在五線譜上很麻煩嗎。所以我發明了只要一按琴鍵，音符就會印刷在五線譜上的「樂譜打字機」。……嗯，不過用的人不多。

可是，我也有一些造福許多人的發明唷。像我發明的「絞肉製造器」，可以省下用手把肉剁碎的麻煩，而現在大家用的絞肉器，造型和我當時發明的幾乎沒有兩樣。……我自己也知道啦，如果和愛迪生的發明相比，我的發明當然平凡無奇……

可是可是，這也不能怪我。因為我除了是發明家，也是一個林務員。

在我所處的時代，管理與保護經濟林是非常重要的工作。木材是蓋房子與製造船舶的重要資材，也是不可或缺的燃料。

所以，我除了記錄森林的狀況、砍伐的樹木數量，也必須製作計畫書，預估今後的砍伐數量等處理大量麻煩的文書工作。

其中最麻煩的就是寫報告書。因為國王也會看，我必須寫得很仔細，當然耗費的時間也多。最後，我抱著「能省一分力氣是一分」的想法，也開發了能夠製作文件的「打字機」。

不過，說到管理森林的工作，最麻煩的莫過於移動。以前的德國，森林的幅員相當廣闊。後來因為人口增加，為了打造市鎮、村莊、田地，只能不斷砍伐森林，把林地轉為耕地等其他用途。所以森林的分布不再集中，變得零星散落各地。

這樣的轉變，也讓林務員必須往來於相隔幾十公里的不同森林。

什麼，你說騎馬不就好了？別開玩笑了！你知道養馬是多麼麻煩的事嗎？每天得餵飯、清理糞便，三不五時還得替牠刷毛。與其要我額外做這些事，我寧願靠自己兩條腿比較實在。

……不過，如果距離很遠，走起來還是覺得很麻煩。

「於是！

我發明了一匹不須費心照顧，完全不會給我添麻煩的馬，它的名字是『木馬輪』（Draisine）』」

簡單來說，就是靠自己雙腳蹬地前進的雙輪車。這台雙輪車的速度比我預期的快，我大概騎一個小時就可以抵達距離十五公里的地方。

後來有人在我發明的二輪車，加上了腳踏板和引擎，搖身一變成了自行車和摩托車。

看到這裡，大家應該稍微對我刮目相看了吧。

好麻煩啊

起因於怕麻煩！

發明!!

木馬輪

本業和發明我都一把罩！

就像木馬輪經過許多人的改良，成為自行車和摩托車一樣，打字機也是經過德萊斯等人的改良終於大功告成。不過，據說附帶鍵盤的打字機是德萊斯首創。

除了上述兩項，德萊斯也發明了能快速記錄文字的速記機、能夠節省柴薪的調理機、以人力驅動的四輪車等。

德萊斯雖然一生發明無數，但礙於林務員的身分，以今天的標準而言就是身為一介公務員，無法自由販售自己的發明，並從中獲利。不過，國家授予他「機械工學教授」的封號，所以他領到了因這個封號所授予的年金。不過，當市民為了追求自由與憲法，在1848 年引發「三月革命」之後，認同革命理念的德萊斯也拋棄了貴族的頭銜、教授的封號、領取年金的權力。所以，據說在他辭世以後，幾乎沒有留下任何財產。

by

卡爾・腓特烈・克里斯蒂安・路德維希・男爵・德萊斯・馮・紹爾布朗

想辦法減輕自己的負擔完全不是壞事啊。

※不為追求營利為目的，而是以國家或鄉鎮等公家機關職員的身分工作的職業。

№ 17

René
Laenneg

拉埃內克先生（35）

●1781～1826年
●出生於法國
●醫生

費心顧慮每一位患者的情況

實在太太太麻煩了…

能夠站在對方的立場，感同身受的人，就是心胸寬大，包容力強的人。但是，如果一個人必須隨時注意對方的感受，自己終究會覺得筋疲力竭。

身為醫生的拉埃內克就面臨這樣的情況。他今天也在診療室大嘆一口氣。他的煩惱是，他必須在診療室傾聽患者的心臟和肺部發出的聲音。

在一八一六年的當時，醫生都是直接把耳朵貼在患者的胸部上，傾聽心肺的聲音。所以，遇到女患者時，拉埃內克的動作必須更加小心翼翼。

「啊，下一個又是女病人⋯雖然說是為了診療，她會不會覺得被別人的耳朵直接貼在胸部上很噁心啊⋯⋯應該不會有事吧⋯⋯不行，我不能這樣，我現在一定要專心看診⋯⋯奇怪了？心臟怎麼跳得這麼厲害⋯⋯哎呀，原來是我的心臟！大事不妙了！我居然害羞到臉紅，甚至流汗了。怎麼辦？她會不會覺得滿頭大汗的樣子很噁心⋯⋯啊啊，為什麼每件事都讓我這麼在意⋯⋯！」

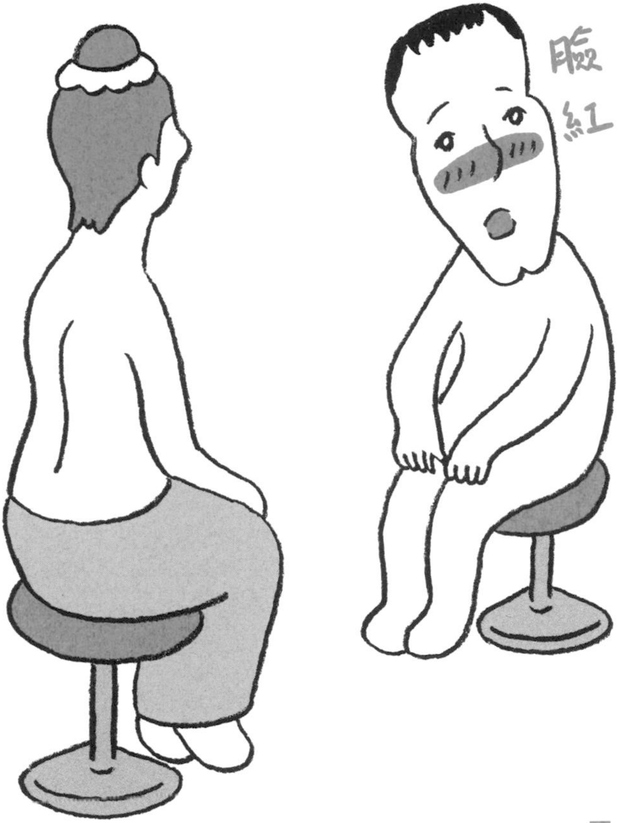

上述的情節總是一再在診療室上演，所以每當拉埃內克結束一天的看診工作，他總是累到快要虛脫。

「啊啊，每天在病人面前都得這麼戰戰兢兢，實在麻煩透頂……還是說，因為我的個性本來就很難搞……」

拉埃內克一邊在心中上演著各種小劇場，一邊走在回家的路上。這時，在外面玩耍的孩子，映入了他的眼簾。

那些孩子們，一個刮著空心木棒的一端發出聲音，另一個把耳朵湊在另一端的洞上傾聽。

咦？說不定，我可以靠這招解決我的煩惱……!!

孩子的遊戲，為解決拉埃內克的煩惱，提供了重大靈感。

隔天，拉埃內克面對女性病患時，一臉沉著，態度非常從容。

「讓我聽聽您胸腔的聲音。」

說完，他拿出一個紙筒，貼在病患的胸部上。再把自己的耳朵湊向紙筒的另一邊。

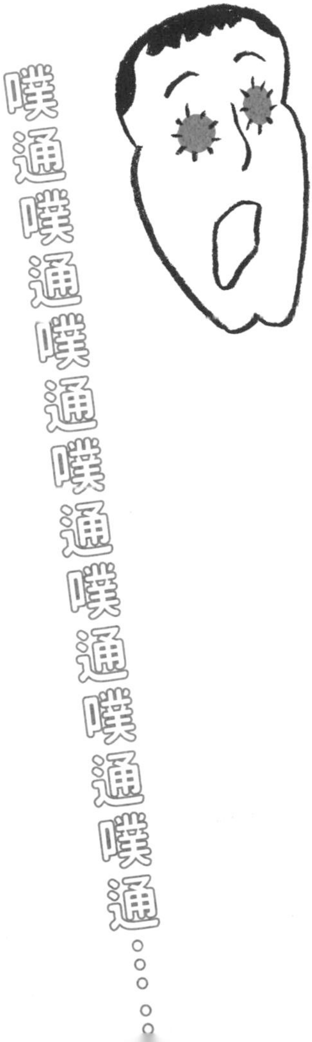

「……我聽到了！太棒了！這下子，我就不必擔心病人可能會覺得我『意圖不軌』。我真是天才！而且改用這種方式，心肺的聲音反而聽得更清楚。……實在太棒了！」

於是，拉埃內克靠著自己的靈機一動，解決長久以來的困擾。之後，他發明了以木質聽筒取代紙筒的**「聽診器」**。拉埃內克的聽診器問世後，迅速席捲全世界各地的醫界，歷經各種改良之餘，也早已是醫生們必備的工具。

好麻煩啊

起因於怕麻煩！

發明！！

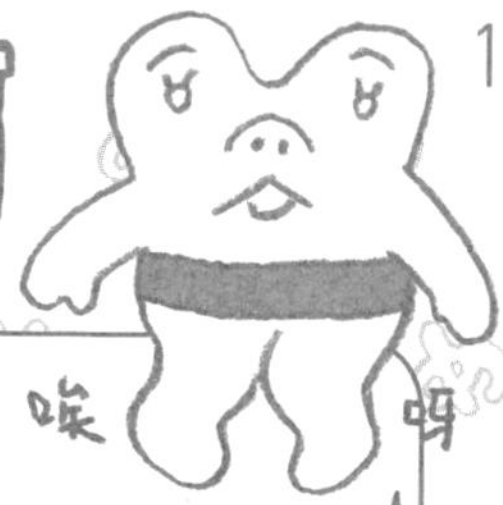

聽診器

真心感謝有人發明不痛也不癢的診療方法捏。

拉埃內克在1816年35歲時，發明了聽診器。在這之前，拉埃內克是法國皇帝拿破崙一世等皇親國戚的御用醫生。因此，他很可能是史上第一個從御醫轉成為一般大眾診療的醫生。也因為如此，他起初很不習慣一天要替那麼多病患看診，但還是很努力顧及每一位患者的感受與需求，所以才會讓自己陷入苦不堪言的狀況。

拉埃內克發明聽診器之後，也研究了如何使用聽診器，分辨各種疾病的特徵的方法。最後，他只要把聽診器放在胸前，光聽聲音就可以診斷疾病。他在1819年出版了彙整其診療方法的《間接聽診法》。

拉埃內克的診療方法，隨著聽診器逐漸普及於全世界，一直沿用至今。

總而言之，聽診器的發明，為診療方法帶來很大的進化。

by　勒內．拉埃內克

怕麻煩也是促成醫學進步的功臣呢！

№ 18

Albert Parkhouse

重新掛好掉落的上衣

帕克豪斯先生（24）

1879～1927年

出生於美國

工匠

太麻煩～～～～～～～～

美國的密西根州，有一間利用鐵絲製造燈罩等產品的公司。那間公司的每位員工，幾乎都會選擇方便身體活動的服裝，或是穿著作業服上班，唯獨艾伯特·帕克豪斯和大家不一樣，上班時總是西裝筆挺，整齊地打上領帶，甚至還戴著費多拉帽（帽頂中間凹陷的帽子）。

「嗨，艾伯特。你今天又穿得像個大老闆來了。」

「我看起來像個生意人！？我今天的設定是黑手黨風耶。」

「等一下上工的時候還不是得換成作業服。但你每天還是費盡心思打扮，不嫌麻煩呢。」

「嗯。大家喜歡怎麼說都無所謂。我只是習慣讓自己穿的服裝，不論遇到什麼場合和什麼對象，都很得體罷了。這就是我堅持的美學。」

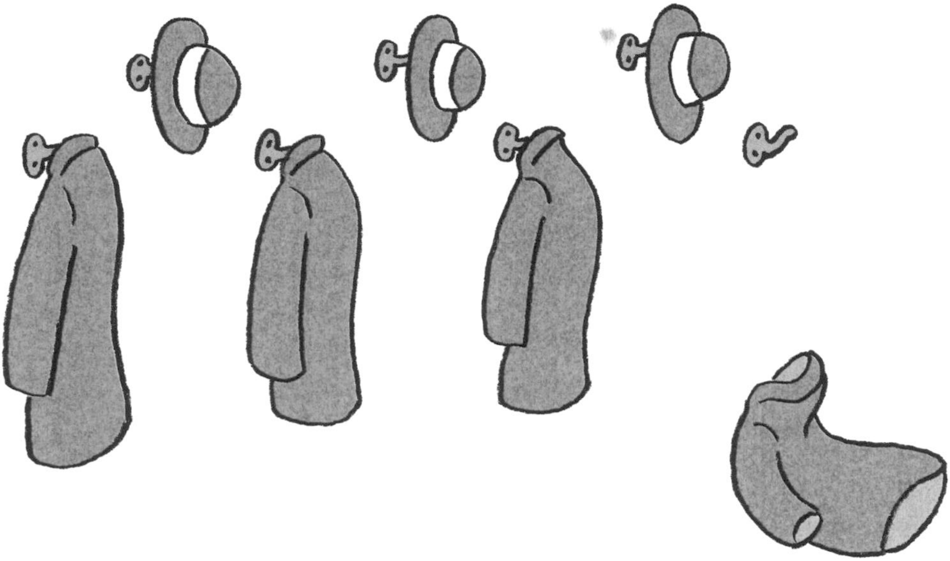

因為自己與眾人格格不入的裝扮，受到其他人的揶揄，對艾伯特·帕克豪斯而言已經是家常便飯了。不過，有一點讓他忍不住想抱怨的，就是公司牆上的掛衣勾。**掛衣勾太小，所以脫下來的西裝外套一掛上去，沒多久就掉下來。但衣服如果沒有好好掛起來，馬上就皺了**。

話說回來，掛衣勾的數量本來就少於員工人數，再加上極力避免衣服起皺的帕克豪斯，一個人就得用掉三個掛衣勾，所以周圍的同事對他頗有微詞，甚至會給他白眼。

某天早上，帕克豪斯到公司的時間比平常稍晚了一點，結果發現只剩下一個掛衣勾讓他掛西裝外套了。而且那個掛衣勾離出入口非常近，不論開門還是關門，外套就會被風吹落地上。

「可惡！偏偏我今天穿的是新做的西裝！我應該早點到的！」

後悔不已的帕克豪斯，只能無奈地把西裝掛在最後一個掛衣勾，但只要一有人開門或關門，西裝外套馬上掉下來。

「啊啊啊啊、怎麼這麼麻煩！

可是，不趕快想想辦法的話，要是外套被人踩到了，我可能會氣死吧……！」

光是想像就覺得怒火快要爆發的帕克豪斯，忍不住用力一折手上拿著的鐵絲。

「對了！

我不如把鐵絲折成掛衣勾的形狀！」

靈光一閃的帕克豪斯，立刻折起鐵絲，再用鉗子固定。完成了這個掛衣架後，他迫不及待地掛上了西裝。

「噢噢！我的西裝掛得上去耶。接下來只要把這個衣架的勾子掛在牆壁的掛衣勾……太完美了！」

帕克豪斯發明的**「鐵絲衣架」**在公司大獲好評，公司也申請了專利，大力上市。現在在乾洗店等處仍頻繁使用的鐵絲衣架，就是在這樣的情況下發明，並逐漸行銷世界各地。

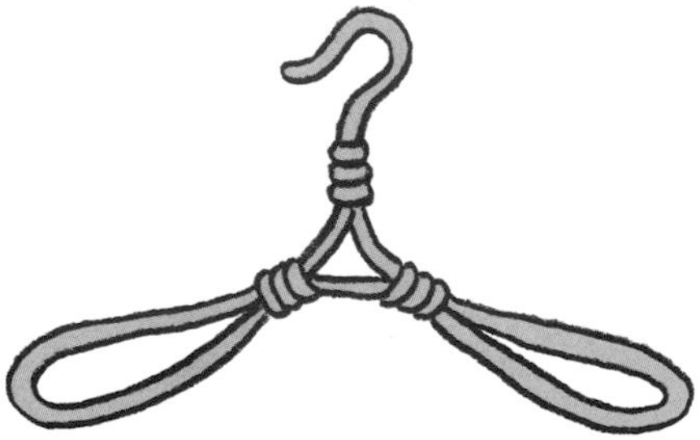

欸
衣服不必一件一件折很輕鬆呢。

發明！！

鐵絲衣架

說到平肩衣架，大家馬上想到的就是形狀剛好能撐起上衣的衣架。據說製造出平肩衣架雛形的人是美國第三任總統湯瑪斯．傑佛遜。

另外，也有一種說法認為鐵絲衣架最早在 1869 年，由住在康乃狄克州的 O．A．諾斯所發明，此外，也有人認為是波士頓大學的學生克利斯多佛．坎在 1876 年發明。

1903 年由帕克豪斯發明的鐵絲衣架，在 1904 年取得專利，但申請專利的人卻是他的雇主約翰．廷伯．雷克。由雇主申請員工的發明的專利權，在當時被視為理所當然，所以帕克豪斯無法從自己的發明獲益。

或許是心懷不滿，之後，帕克豪斯舉家搬到洛杉磯，成立了一間經營鐵絲衣架等鐵絲產品的公司。

by 艾伯特．帕克豪斯

其實絕佳的素材就近在我們的身邊呢。

№ 19

哈林頓先生（35）
康明斯先生（44）
巴澤爾傑特先生（40）

米田共的處理實在太麻煩了！

- 宮廷詩人……1561～1612年
- 鐘錶工……1731～1814年
- 土木工程師·1819～1891年
- 三人皆出生於英國

JohnHarington&AlexanderCummings&JosephBazalgette

「我是哈林頓爵士。出身高貴，是英國王室的宮廷詩人。而且我的名稱由伊莉莎白一世女王陛下*賜名。……不過，由女王陛下賜名的超過一百人。我在這群人當中，可說是鶴立雞群喔。因為我專寫下流的詩，惹得女王陛下生氣，最後被逐出宮廷。什麼？你說我是不是變得惡名昭彰？NoNoNo，我是之後才變得很厲害的好嗎。身為貴族，身邊少不了幫忙穿衣、打理生活中一切大小事的僕役，但自從我被逐出宮廷，能在身邊照顧我的人手就變少了。等到我發現一切事情都得自己來，實在有夠麻煩。其中最臭又最麻煩的事，就是清理『**那個**』。嗄？你不知道我說的『**那個**』是什麼？呃…哎呀，就是從下面出來的『**那個**』嘛。……還是聽不懂？……就是嗯嗯……

“就是米·田·共·啦！”

我們那個時代的歐洲，大家都是用一個有把手的壺上大號，等到壺滿了，再拿去外面倒掉。雖然是自己的『**米田共**』，想到得自己拿去倒，實在是麻煩得不得了。所以我發明了用水把『**那個**』沖掉的『**抽水馬桶**』。女王陛下體驗後也芳心大悅呢。很厲害吧，嗯哼！」

「嗯哼！哈林頓爵士。你開發的抽水馬桶完全沖不掉啊。而且你只是把米田共沖到屋子外面的廢棄場，所以排水管會發出惡臭，甚至招來很多老鼠和蟲子。

※ 伊莉莎白一世（在位一五五八～一六〇三年）是，打敗西班牙的「無敵艦隊」，為英國登上世界領導地位的奠基者。

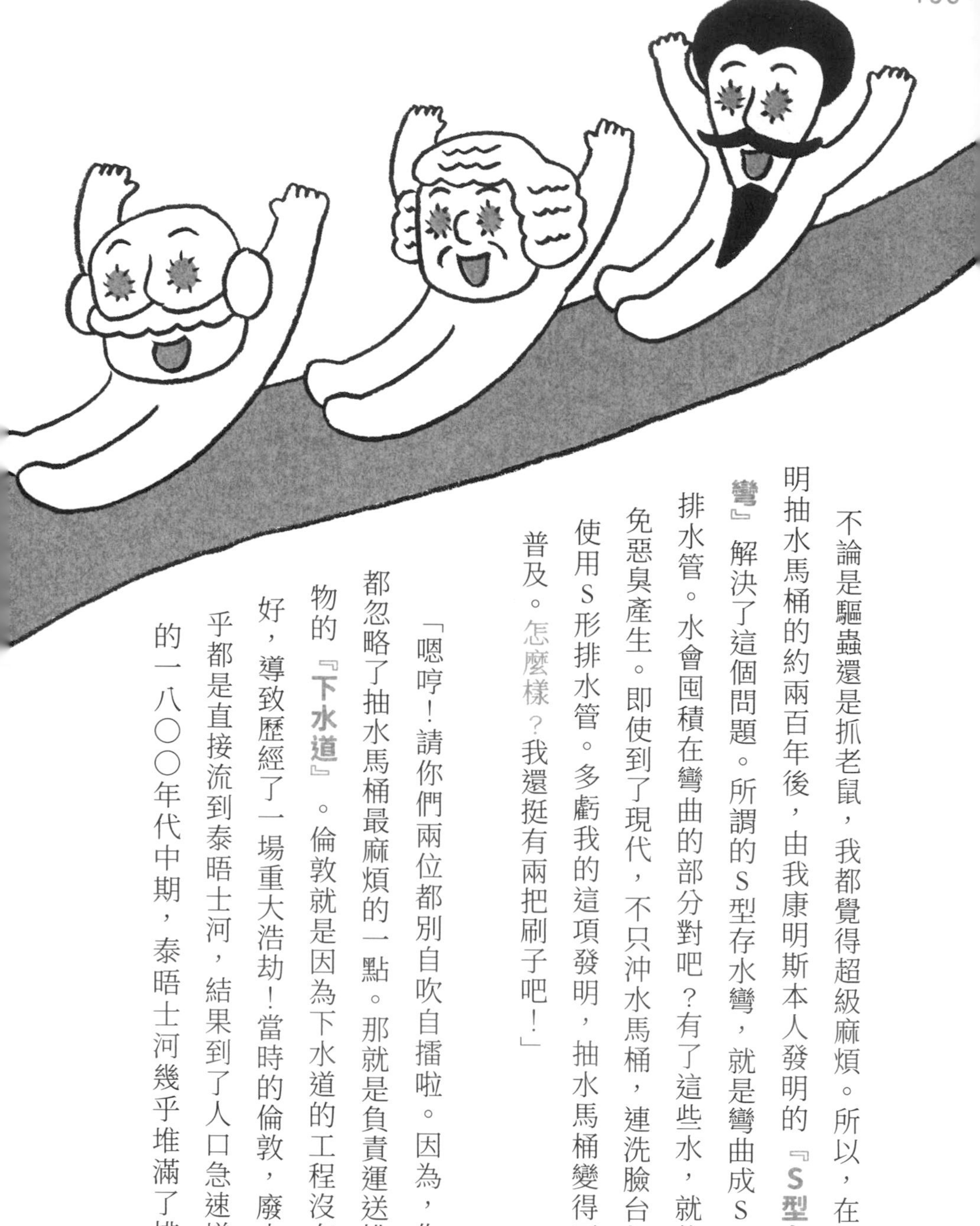

不論是驅蟲還是抓老鼠，我都覺得超級麻煩。所以，在你發明抽水馬桶的約兩百年後，由我康明斯本人發明的『**S型存水彎**』解決了這個問題。所謂的S型存水彎，就是彎曲成S形的排水管。水會囤積在彎曲的部分對吧？有了這些水，就能避免惡臭產生。即使到了現代，不只沖水馬桶，連洗臉台都在使用S形排水管。多虧我的這項發明，抽水馬桶變得更加普及。怎麼樣？我還挺有兩把刷子吧！」

「嗯哼！請你們兩位都別自吹自擂啦。因為，你們都忽略了抽水馬桶最麻煩的一點。那就是負責運送排泄物的『**下水道**』。倫敦就是因為下水道的工程沒有做好，導致歷經了一場重大浩劫！當時的倫敦，廢水幾乎都是直接流到泰晤士河，結果到了人口急速增加的一八〇〇年代中期，泰晤士河幾乎堆滿了排泄

物，臭不可聞。最後造成霍亂＊大流行，奪去了幾萬人的生命。不僅如此，一八五八年的夏天，整個倫敦更因破紀錄的高溫而變得臭氣薰天。史稱『大惡臭』。

所以，我巴澤爾傑特花了大約10年，打造全長132公里的下水道。從此之後，倫敦再也沒有嚴重的霍亂疫情。**怎麼樣？**」

「唔。我之所以能夠以抽水馬桶發明人的身分名留青史，都要歸功有傑特老弟這種熱心的人，不怕麻煩的替我們解決每一件『麻煩事』呢」。

「說的一點也沒錯。傑特君，謝謝你！」

「請不要隨便簡稱人家的名字好嗎！」

「哎呀，可是你的全名唸起來太麻煩了嘛。**對吧！我沒說錯吧！**」

＊因霍亂弧菌引起腹瀉和嘔吐症狀的傳染病。

好麻煩啊

起因於怕麻煩！

發明!!

抽水馬桶

大約距今 2000 年的古羅馬，已經發展出相當完備的上下水道系統，甚至連沖水式馬桶的遺跡也已出土。因此，喬治．哈林頓發明的大多被定義為具備水箱的現代抽水馬桶。而經過巴澤爾傑特整頓的倫敦下水道，到了今天也難以應付人口爆炸的倫敦，所以當地政府也曾因無力妥善處理下水道系統，而直接將汙水排入泰晤士河。有鑑於此，倫敦終於在相距 150 年，從 2016 年展開「超級下水道」興建工程，預計在 2024 年試運行。

順帶一提日本的廁所問題。在 694 年建都，號稱是日本史上第一座都城的藤原京，不過在短短 16 年後便遷都到平城京，最大的理由據說是污水處理的問題。從平城京的貴族宅邸，也發現了引入天然河水的水洗式便所遺跡。不過，因為人口增加，平城京終究也無法妥善處理污水的問題，最後在 794 年遷都至有水源豐沛的鴨川流經的平安京，據說終於解決了棘手的廁所問題。

by 喬治．哈林頓 & 亞歷山大．康明斯 & 約瑟夫．巴澤爾傑特

按部就班，把麻煩的問題一一解決，就是成功的不二法門呢

№ 20

Eugene McDonald

尤金先生（70）

● 1886～1958年
● 出生於美國
● 企業家

換個頻道

怎麼這麼麻煩～～～

這天，尤金．麥克唐納在研發室準備了啤酒，要研發小組的每一個成員都坐在沙發上，接著開口說話。

「各位，想像一下這樣的情景。**當你喝著啤酒，或是一邊吃飯一邊看電視的時候，如果你想換頻道，你會怎麼做。你是不是只能不情願地從沙發起身，走到電視前面，按按鈕切換頻道。各位知道這有多麼麻煩嗎？**但是，製造出這麼難用又麻煩的東西的人，就是我們自己。所以，我們有責任去解決這個麻煩。我們要做的東西很簡單，就是不用離開位子，也能轉換頻道的道具……沒錯，我們一定得開發『**電視遙控器**』！」

「尤金真的很愛演耶……」

「羅夫，話可不能這麼說。你看研發小組的成員，是不是鬥志都被激發出來了。」

於是，在尤金進行這番慷慨激昂的演說之後，研發小組啟動了遙控器的開發計畫。

起初完成的是與電視機本體透過電線連接的遙控器。但是，這樣的遙控器無法讓尤金滿意。

「**這種遙控器只能在電線的長度範圍才能發揮作用，反而更讓人心浮氣躁**。這不就把人變成像一隻被項圈套住的狗嗎！要記得電視可不是主人，人才是。你們快點開發沒有電線的遙控器出來！」

就這樣，開發小組花了五年的時間，終於開發出無線遙控器。原理是在電視機的四個角落裝在上感應器，再以類似手電筒的機器，對著感應器發出光線，就可以調整音量和轉換頻道。

但是，尤金還是覺得不滿意。

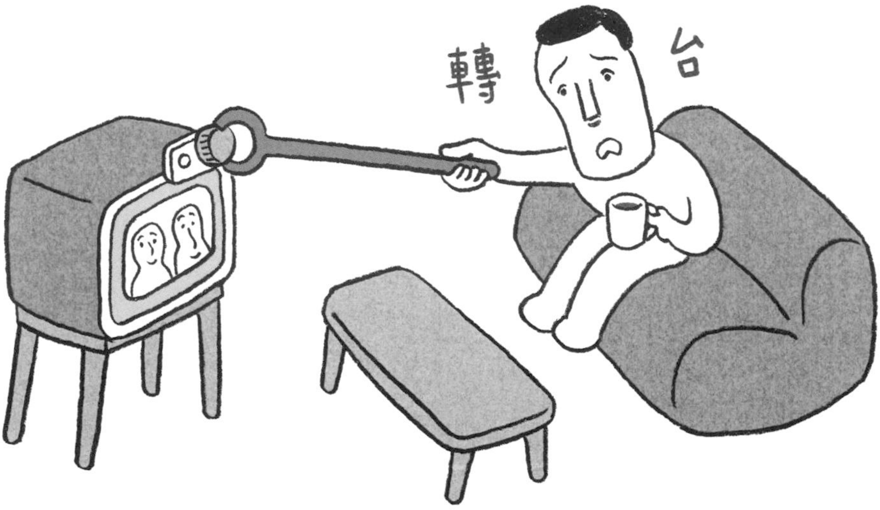

「你們做的是啥碗糕！？只要光線對準的位置稍微偏掉，不就沒用了嗎。基本上，要觀眾拿著這個玩意玩射擊遊戲，不就很麻煩嗎！而且還有報告回傳只要被陽光照到，就會自動調整音量和頻道，搞什麼東西！」

”麻煩和故障，我通通不能接受！“

就這樣，開發小組被下令展開第三回合的開發。這次，開發小組的目標已經從「解決看電視的麻煩問題」，轉變成「讓最愛找人麻煩又囉嗦的老頭（尤金）閉嘴」。

之後，開發小組大約花了一年的時間，在一九五六年完成了使用超音波的遙控器。在我們目前使用的紅外線遙控器問世之前，這種技術大約被使用了二十年。

開發小組不但解決了產品的麻煩之處，同時也成功讓愛找麻煩的上司閉嘴，自然心滿意足。

「我們總算做出讓您沒得挑剔的產品了。」

聽到卡爾和羅夫這麼一說，尤金也一臉滿足的做出回應「這都要歸功於我扮黑臉。要不是我假裝是個挑剔又愛找麻煩的老頭，大概也做不出來吧？」

起因於怕麻煩！

發明!!

電視遙控器

不必再從暖和的被窩爬出來很方便吧。

由原本合力經營一間小型的業餘無線電公司的電雷夫・馬修與卡爾・哈蘇，再加上尤金，三人合夥成立了一間電子公司。

一開始，他們推出世界首台的可攜式收音機，在收音機業界聲名大噪。之後在 1948 年開始銷售電視，也投入遙控器的開發。

故事中的尤金，帶有幾分戲劇性人格，其實現實生活中的他也是如此。尤金在 3 人合夥成立公司之前，曾經當過汽車銷售員；據說他為了展示車子的堅固性，竟然開著車子從很長的階梯，一路往下開，最後遭到逮捕。那時他年僅 18 歲。

無須贅言，尤金也是個非常具有商業頭腦的企業家，他還讓購車的顧客「分期付款」，不必一次繳清。也成功讓購車人數變多了。

by **尤金・麥可唐納**

如果休息時還遇到麻煩事就掃興了

№ 21

Louis Braille

原本最喜歡的閱讀
現在變得太麻煩

布萊爾（15）

- 1809～1852年
- 出生於法國
- 教育者、音樂家

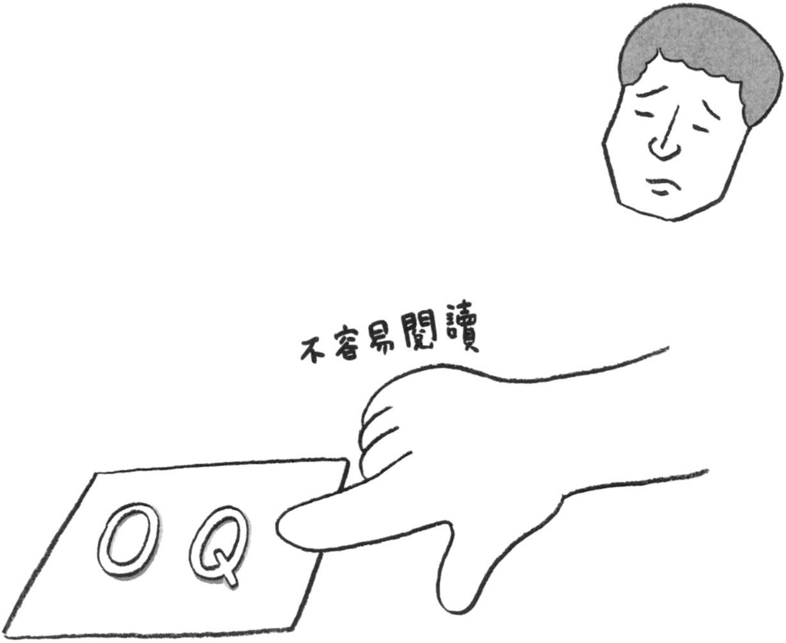

「哎，剛才的字母原來是『C』不是『O』啊。那我得再重新讀一次。……這個不是『g』而是『q』。天啊，按照這種進度，我得花幾天才能把這本書看完呢……」

地點是全世界第一所專為盲人所創的法國皇家盲人學校。就讀於這間學校的路易·布萊爾，是個嗜書如命的人。但是，閱讀對當時的盲人而言是一件困難重重的事。

這也難怪。首先，當時設計給盲人閱讀的書，每一頁都是厚紙，所以很重。而且每頁都有突起的字母。

閱讀的方式就是用指尖的觸感，判斷厚紙上的字母。即使像是「O」和「Q」、「B」和「R」、「u」和「v」，還有大寫的「I」和「i」等相似的字母，也只能用「摸的」，所以閱讀起來非常不容易。

而且只要讀錯一個字，上下文就可能連不起來，必須重讀。不但麻煩，也很耗時間。

布萊爾三歲時，因為受傷導致一隻眼睛失明；五歲時，另一隻眼睛又因感染症也失明了。

即使如此，父親還是很重視布萊爾的教育。他用釘子在木板上釘出字形，讓布萊爾靠著觸摸學會字母與拼寫。

「爸爸幫我在木板上釘的字母還比較容易分辨呢。……可是，如果按照那種方式製作一整本書，大概會有一棟房子那麼大吧。」

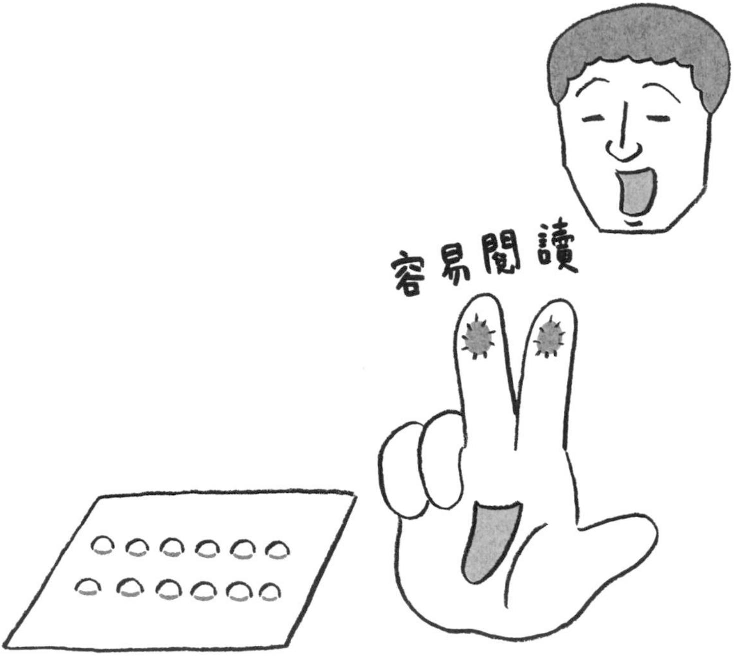

布萊爾一直抱著這樣的遺憾成長，直到十三歲生日那天，他接觸了某件發明。那件發明是由從軍中退役後成為教育學者的夏爾．巴爾比耶所創的點字記號。所謂的點字記號並不是字母，而是由直六點乘橫二點，最多可組成十二點的記號。這原本是為了在戰場上使用的通訊密碼，後來巴爾比耶靈機一動，認為可當作盲人的通訊方式加以利用，於是向盲人學校建議採用。

「這個方法太棒了！比辨識字母簡單多了，不容易出錯。讀起來一點也不麻煩。接下來只要把它改良得更容易閱讀就好了！」

學會點字記號，讓布萊爾大受鼓舞，他把課業之餘的時間幾乎都用於研究如何改良點字記號。

兩年之後，十五歲的布萊爾，發明了直三點乘橫二點，最多可組成六點的點字。

這麼一來，即使是小孩子，一個字的大小也不會超過指尖，而且點數更加精簡，不必每次數。哇，讀書再也不是一件麻煩的事了！

就這樣，布萊爾靠著他的發明，替盲人解決閱讀的麻煩。之後他再接再厲，持續進行點字的改良，讓數字、重音記號、音符等也能順利表現，完成了至今世界各地仍在使用的點字法。

好麻煩啊

起因於怕麻煩！

發明!!

點字

點字在法語就叫做「布萊爾」。

布萊爾開發的點子，雖然使用上非常方便，但其實花了一段時間才逐漸推廣開來。

布萊爾從盲人學校畢業之後，就在盲人學校教書，教授學生歷史與數學。當時，新任校長以「學習突起字母是本校傳統」為理由，禁止校內學習布萊爾的點字法。

不過，無論學校如何嚴厲禁止布萊爾的點字法，一旦體驗到這種點字法的方便之處，學生們還是繼續向布萊爾學習。皇天不負苦心人，布萊爾的點字法終於在法國開枝散葉。到了 1854 年，法國政府正式決定將布萊爾的點字法納入盲人學校的授課科目。之後，也逐漸普及於全世界，直到今天仍在使用。

順帶一提，布萊爾也是個音樂家，據說他曾經應法國的教會邀請演奏管風琴。

by 布萊爾

不論閱讀或彈奏音樂，都不能「卡卡」的喲。

全世界現在活著的每一個人

包括我，包括你

我們覺得所有的事情都好麻煩喔～～～～～

№ 22

Everyonewholive intheWorld

看完這21篇介紹因為怕麻煩，最後留下偉大發明或發現的成功人士的小故事，各位是否覺得意猶未盡呢。最重要的是，是不是也開始覺得，怕麻煩好像不全然是件壞事嘛？

但是，這群因為怕麻煩，最後大獲成功的人，其實也有不怕麻煩的一面。那就是**不嫌思考這件事很麻煩**。

「我到底該怎麼做才會變得不麻煩？」

「為了省麻煩，我到底該做什麼好呢？」

「該在哪一步下功夫，做起來才會更簡單呢？」

能夠進行這樣的思考，才是通往成功的最佳捷徑。

除此之外，這群怕麻煩的人，還對一件事不覺得麻煩。那就是**誠實面對自己的好奇心**。

舉例而言，要是嫌整理麻煩的弗萊明（p.13），也覺得觀察發霉的容器是件麻煩事，連看都不看一眼就直接扔進垃圾桶，應該就沒機會發現盤尼西林吧。另外，如果喬治（p.93）不去調查「被他視為麻煩的根源」的蟲，或許也不會發明魔鬼氈了。

所謂的好奇心，就是發自內心的「我覺得這點好有意思！」「好想知道之後會變成什麼樣！」的想法。請各位一旦產生這樣的想法，就不要嫌麻煩，而是積極面對。希望大家可以去觸摸實物，或是深入體驗，上網或看書找資料。

如果你實在覺得做這些事很麻煩，或是抽不出時間做這些事，那麼只要記住「我對這些事情有興趣」也可以。

這份好奇心會成為拓展更多可能性的起點。名留青史的偉人們，也留下不少與好奇心有關的名言。像是「好奇心會驅使我們走到未知的道路」

——華特·迪士尼

「我沒有特殊的天賦，只是好奇心非常強」

——阿爾伯特·愛因斯坦

長大成人之後，工作等讓我們分身乏術的事情變得愈來愈多。這也意味著，我們能夠回應自己好奇心的時間相對變少。所以，奉勸各位把握自己還有不少空閒時間的時候，不要不把自己的好奇心當一回事，不要對自己的好奇心視而不見，這種方式的怕麻煩對我們有害無益。

「思考」
「回應自己的好奇心」

只要大家不把以上這兩件事視為麻煩，那麼怕麻煩就不再是壞事了。

說不定大家也能夠以「覺得好麻煩」當作起點，加入那群因為怕麻煩，後來卻大獲成功的人的行列哦！

起因於怕麻煩！

發明!!

新事物

你都能讀到這裡了，沒有什麼事辦不到！

最後，真的很感謝讀到最後一頁的每一位。

大家在日常生活中已經用得理所當然的東西，或許也是起因於某個「覺得好麻煩」的人，經過各種努力而誕生。這麼一想，生活中信手拈來的創意實在多到說不完。不知道有沒有人發現，能夠完成偉大發明、重大發現，或是賺進大筆財富的人，不一定都是登上教科書的人，而且和年齡與沒有關係呢？換句話說，如果能讓大家知道，每個人都有十足的潛能，都可能獲得成功就好了。

為了達到這個目標，做自己感興趣的事、積極和身邊的人溝通、獲得新的想法都很重要。因為只要這麼做，在你萌生「好麻煩噢」的念頭時，或許就能得到謬思女神的眷顧，靈光一閃，想到「這麼做好像可以解決麻煩？」的好點子。

最後，請各位有空的時候就翻開本書，試著培育成功的種子吧！

by 閱讀本書的大家

所謂的可能性，大到沒有極限！

參考文獻・參考網站

- 『感染症とたたかった科学者たち』岡田晴恵著（岩崎書店）
- 『数学そぞろ歩き―学者だけに任せておくには楽しすぎる数学余話』BrianHayes 著川辺治之訳（共立出版）
- 『いつもの仕事と日常が5分で輝くすごいイノベーター 70 人のアイデア』ポール・スローン著中川泉訳（TAC 出版）
- 『トイレの自由研究1おしりを洗う習慣ができた！起源・歴史・技術変遷編』屎尿・下水研究会監修こどもくらぶ編（フレーベル館）
- 『自転車の歴史 200 年の歩み…誕生から未来車へ』ドラゴスラフ・アンドリッチ著古市昭代訳（ベースボール・マガジン社）
- 『50 の名車とアイテムで知る図説自転車の歴史』トム・アンブローズ著甲斐理恵子訳（原書房）
- 『まんが医学の歴史』茨木保著（医学書院）
- 『ルイ・ブライユ「点字」を発明した盲目の少年』岡田好惠著／文坂本コウイラスト金子昭監修（学研プラス）
- 『世界を変えた科学者マルコーニ』スティーヴ・パーカー著　鈴木将訳（岩波書店）
- 日本大百科全書（ニッポニカ）
- https://www.phchd.com/jp/medicom
- https://epilogi.dr-10.com/
- https://www.ncbi.nlm.nih.gov/pmc/
- https://www.sciencemuseum.org.uk/
- https://scramblerducati.com/ja/
- https://www.acs.org/
- https://www.jpma.or.jp/
- https://www.bd.com/ja-jp
- https://www.wiley.co.jp/blog/pse/
- https://www.popularmechanics.com/
- https://lemelson.mit.edu/
- https://localwiki.org/
- https://www.nytimes.com/
- https://www.tshaonline.org/home
- http://www.women-inventors.com/Women-Inventors.asp
- https://www.inventionandtech.com/
- https://montrealgazette.com/
- https://fiveminutehistory.com/
- https://www.jmibathrooms.co.uk/
- https://www.mizu.gr.jp/index.html
- https://tenbou.nies.go.jp/
- https://www.invent.org/
- https://ohiohistorycentral.org/w/Welcome_To_Ohio_History_Central
- https://hoover.jp/ja/
- https://www.trvst.world/
- https://time.com/
- https://www.dinersclub.com/
- https://www.csmonitor.com/
- https://www.cookascookies.com/
- https://www.velcro.com/
- https://www.la-z-boy.co.nz/
- https://theautomaticdoorco.com/
- https://nationaltoday.com/
- https://www.abcindustrial.co.uk/
- https://www.hortondoors.com/
- https://www.businessmagnet.co.uk/index.htm
- https://www.cbsnews.com/
- https://publishing.cdlib.org/ucpressebooks/
- https://www.dpma.de/index.html
- https://henkerman.com.au/
- https://www.thoughtco.com/
- https://www.washingtonpost.com/
- https://apnews.com/
- https://www.latimes.com/
- https://www.wright.edu/
- http://www.theradiohistorian.org/index.htm
- https://www.nidek.co.jp/
- https://www.pathstoliteracy.org/
- https://sightscotland.org.uk/
- https://www.duxburysystems.com/default.asp
- https://www.ggarchives.com/index.html

最終更新日：2023.3.2

超麻煩圖鑑

原來所有發明都是因為「麻煩」才開始!? 21+1 個因為好麻煩而誕生的有趣發明

插畫作者

makomo
馬可摩

趣味製造者。
堅持以讓人能發出會心一笑的「還蠻有趣」的圖畫與文字，參與書籍插圖、廣告主視覺、造型設計等各領域，另外也從事製作全新圖畫作品、繪本、有趣商品。
〔HP〕www.makomo.jp

2024 年 4 月 29 日　初版第 1 刷　定價 350 元

編 著 者	小學館 creative
譯　　者	藍嘉楹
總 編 輯	洪季楨
編　　輯	葉雯婷
封面設計	王舒玗
編輯企劃	笛藤出版
發 行 所	八方出版股份有限公司
發 行 人	林建仲
地　　址	台北市中山區長安東路二段 171 號 3 樓 3 室
電　　話	(02)2777-3682
傳　　真	(02)2777-3672
總 經 銷	聯合發行股份有限公司
地　　址	新北市新店區寶橋路 235 巷 6 弄 6 號 2 樓
電　　話	(02)2917-8022・(02)2917-8042
製 版 廠	造極彩色印刷製版股份有限公司
地　　址	新北市中和區中山路 2 段 340 巷 36 號
電　　話	(02)2240-0333・(02)2248-3904
郵撥帳戶	八方出版股份有限公司
郵撥帳號	19809050

國家圖書館出版品預行編目 (CIP) 資料

超麻煩圖鑑：原來所有發明都是因為「麻煩」才開始 !?21+1 個因為好麻煩而誕生的有趣發明 /
小學館 creative 編著 ; 藍嘉楹譯 . -- 初版 . -- 臺北市 : 笛藤出版圖書有限公司 , 2024.04
　面 ;　公分
ISBN 978-957-710-916-3(平裝)
1.CST: 科學 2.CST: 發明 3.CST: 通俗作品
307.9　　113002864